AF223024

Bruno Neri

Zwischen zwei Dächern

oder

Ein Stück Meer

Geschichten   Gedichte

1

Impressum

Copyright Bruno Neri Juni 2012
Email: bruno.neri@t-online.de

Herstellung und Verlag:

BoD - Books on Demand, Norderstedt
Bestellung unter: www.bod.de

ISDN 9783848211876

Dieses Buch ist in zwei Kapitel aufgeteilt:

Teil I   Geschichten

Teil II   Gedichte

An dieser Stelle möchte ich mich bei
Frau Sybille Böhmer-Rawas und
Frau Angelika Frey für das konstruktive
Lektorat und Geduld herzlichst bedanken.

Möge der Leser viel Freude und Spaß bei der
Lektüre dieser teils aus dem Leben gespickten
teils erfundenen Geschichten und Gedichte
empfinden.

Inhalt

Geschichten

7

Inhalt

Gedichte

Zwischen zwei Dächern oder
Ein Stück Meer

„Du gehst an mir vorbei, als ob ich ein Fremder wäre. Das finde ich nicht nett von dir", überraschte mich eine Männerstimme. Ich hatte noch nicht die Zeit mich zu finden, als ich eine freundliche Umarmung bekam. „Ciao, Onkel, schön dich wieder mal zu treffen", begrüßte mich mein Neffe Antonio. Er war 30 Jahre alt. „Wann haben wir uns das letzte Mal gesehen? Ach ja, erst gestern, nicht wahr Onkel?"

Es stimmte nicht. Genau konnte ich es nicht sagen, aber es mussten mindestens drei Jahre gewesen sein. Ich musste mich immer in Acht nehmen vor diesem Frettchen von jungem Mann. Nie war ich gegen seinen lustig gemeinten, oft bissigen Spott gewappnet. Man konnte mit ihm keine ernsthaften Gespräche führen. Ich war fast immer verlegen, wenn wir eine Unterhaltung anfingen.

„Ciao, Antonio", erwiderte ich und begrüßte ihn mit einem Kuss auf beide Wangen. „Ich war auf dem Weg zu euch", log ich. Ich wollte schon zu meiner Schwester, also Antonios Mutter, aber eigentlich nicht jetzt.

Ich kam gerade aus der Wohnung meines Bruders. Ich wollte allein durch die ‚Giardini' schlendern. „Komm, begleite mich eine Weile. Ich möchte über dein Anliegen reden", lud ich ihn ein und packte ihn am Arm.

„Nein, Onkel, ich muss in den Laden. Die Rollgitter des Geschäfts müssen hochgezogen werden und außerdem bin ich so und so schon zu spät dran. Wir unterhalten uns beim Mittagsessen." Er warf seinen Kopf in die Höhe und schon war er weg.

Die Melodie eines neapolitanischen Lieds vermischte sich mit dem Frittiergeräusch der Fische, die gerade in die Pfanne gelegt wurden. Meine Schwester hechtete aus der Küche zum Esszimmer und zurück, gleichzeitig deckte sie den Tisch und achtete darauf, dass die Spaghetti nicht zerkochten. Ich war nur ein Zuschauer. Die Zubereitung des Mittagsessens, üblicherweise um vierzehn Uhr, war fast fertig, da öffnete sich die Eingangstür. Es war Antonio.

„Ciao, Mamma, ist das Essen fertig?" Er prüfte, ob die Tomatensauce den richtigen Geschmack hatte und verbrannte sich dabei beinahe die Zunge. Dann ging er in sein Zimmer und schlüpfte in leichtere Kleidung.

Nach dem Essen machten wir es uns im Wohnzimmer bequem. Wie immer bei meinen Verwandtschaftsbesuchen wurde ich so gefüttert, als ob ich daheim verhungern würde. Ich ließ mich in den Sofasessel fallen. Antonio führte die Unterhaltung.

„Weiß du schon, Onkel, dass ich eine Wohnung in einem kleinen Dorf oben in den Bergen gekauft habe? Sie ist in einem Gebäude, das unter Denkmalschutz steht. Die Räume der Wohnung führen über zwei Stockwerke. Von der Terrasse aus kann ich das Meer sehen und habe ein tolles Panorama. Wenn du willst, können wir später dorthin fahren. Ich zeige dir die Wohnung."

„Das ist es, worüber ich mich mit dir heute Morgen unterhalten wollte, als wir uns zufällig getroffen haben. Wann hast du sie denn gekauft?", fragte ich ihn neugierig.

„Na, ungefähr vor zwei Jahren."

„Nanu, und du wohnst noch bei deinen Eltern?"

„Ja, ich kann noch nicht umziehen. Ich musste sie renovieren und bin noch nicht fertig. Aber bald wird es so weit sein." Seine Stimme jubelt.

13

„Und dann, dann, ziehe ich endlich aus und muss niemandem mehr Rechenschaft ablegen. Dann werde ich unabhängig."

„Ich freue mich, dass du zu der Einsicht gelangt bist, dass es Zeit war, deiner Mutter nicht mehr zu Last zu fallen",

ergänzte ich seinen Satz, und lief Gefahr, seinen Missmut heraufzubeschwören.

„Ich falle ihr gar nicht zur Last. Sie ist ja froh, mich noch hier zu haben. Ich bringe doch Abwechslung in dieses Narrenhaus", erwiderte er erbost.

Mit ‚Narrenhaus' meinte er es aber nicht wörtlich. Schließlich wohnte er auch selber in dieser Wohnung. Das Gespräch wurde abrupt beendet. Als wollte er mich davon überzeugen, dass er es ernst meinte mit dem Ausziehen, entschloss er sich spontan, mir seine Wohnung sofort zu zeigen.

Wir fuhren einige Kilometer bergauf und kamen in ein kleines Dorf, das idyllisch und verschlungen in den Berghang gebaut war. Er hatte Recht: man konnte von dem Parkplatz am Dorfeingang ein herrliches Panorama genießen. Aber bisher konnte man nur erahnen, wo das Meer lag. Wir mussten zu Fuß zur Wohnung weitergehen.

Sichtlich bewegt öffnete er die Eingangstür und zeigte mir stolz das Erdgeschoss.

„Hier kommt der Tisch mit zwei Stühlen hin. Dort, wo im Boden das beleuchtete Aquarium vorgesehen ist, ein kleines Sofa. Hier rechts ist die Wendeltreppe in den ersten Stock."

Mit den genannten Gegenständen war das kleine Wohnzimmer auch schon an seine Grenzen gestoßen. Wir gingen in die obere Etage. Ich fragte mich, wie es ein dicker Mann wohl schaffen würde, diese Wendeltreppe hinaufzusteigen ohne zwischen Geländer und Wand stecken zu bleiben. Im ersten Stock waren das Schlafzimmer und das Bad untergebracht.

„Und wo ist die Küche?" fragte ich ihn beiläufig.

„Sie wird auf dem Podest zwischen den zwei Treppen montiert."

Was er meinte, war der Herd und möglicherweise ein kleiner Geschirrschrank - für mehr bot das Podest nicht Platz.

Ich sah überall noch Reste von Farbe. Im Bad, in dem eine Duschwanne, ein Waschbecken und das Klo hineingezwungen worden waren, war der Boden schon verlegt, aber die Wand noch im Rohzustand.

„Antonio, ich frage mich, ob diese Wohnung nicht ein bisschen zu klein ist."

„Für mich ist sie groß genug. Aber das Wichtigste ist, Onkel, das Wichtigste ist, dass ich das Meer sehen kann - mein geliebtes Meer."

Eine zweite, steile Treppe führte uns zum dritten und letzten Zimmer. Von hier aus gelangte man zur Terrasse.

„Schau, Onkel! Atme doch diese frische Luft. Bewundere das Panorama, den blauen Himmel und das Meer."

Ich sah aber nur die Dachziegel der davor liegenden Häuser. Lediglich rechts konnte man in die Tiefe blicken und sehen, wie die Straße sich zum Dorf hochwand. Auf den Fußspitzen stehend konnte ich dann doch noch in das kleine Tal spähen.

„Antonio, sag mal, wo ist das Meer?"

„Dort, siehst du es nicht?"

Ich gab mir Mühe, das Meer zu entdecken, es war aber vergeblich. Mein Neffe merkte meine Verlegenheit und ungeduldig zeigte er mir mit dem Finger die Blickrichtung.

Zwischen zwei Dächern sah ich es endlich: ein Stück Meer schimmerte durch.

Ein Jahr nach dieser Wohnungsbesichtigung rief ich meinen Neffen an. „Ciao, Antonio. Wie geht es dir in deiner neuen Wohnung?"

„Sie ist noch nicht fertig", antwortete er mit erschreckender Selbstverständlichkeit.

„Wie bitte? Das verstehe ich nicht. Du wolltest in aller Eile ausziehen."

„Das ging nicht. Ich bin dabei die Wohnung umzustellen. Das Loch für das beleuchtete Aquarium habe ich zugeschüttet. Ich habe die Mauer des Zimmers zum Podest im ersten Stock herausgerissen. Dort kommt die Küche hin. Auf der Terrasse will ich eine Markise anbringen, weißt du, gegen die glühenden Sonnenstrahlen..."

Ich unterbrach ihn nicht, legte den Hörer beiseite auf die Fensterbank und wartete ab, bis er fertig war, die anstehenden Änderungen aufzulisten.

„Wann wirst du dann umziehen?", kam meine Frage gezielt.

„Umziehen? Ach, das weiß ich nicht. Ich habe momentan kein Geld, um die restlichen Arbeiten zu beenden."

„Hänge doch gleich im Hotel Mama ein Ölbild mit Meeresblick auf, dann brauchst du gar nie auszuziehen."

Der Sonnenstich

Meine Schuhsohlen drücken sich in den aufgeweichten Teerboden des Bürgersteigs. Es ist kochend heiß. Ich habe das Gefühl, auf einem Teppich zu gehen. Schweiß rinnt mir über die Stirn. Die Hände in den Taschen der Bermudas, kurzärmliges Sommerhemd auf nackter Haut, erreiche ich die Gasse Via Arce. Ich erkenne sie kaum wieder. Sie hat ihr Gesicht verändert! Das Bildnis der heiligen Maria mit dem Jesuskind, in einen eisernen Rahmen eingefasst und vor der Witterung durch ein Glas geschützt, hängt immer noch an derselben Stelle. Eine kleine Marmorplatte ist unter dem Bild montiert. Stalagtitartig hängen kleine Wachstropfen von der Kante der Marmorplatte herunter. Sie sind die Reste der Lumicini-Teelichter, die die Gläubigen anzünden und darauf ablegen, als Zeichen ihrer Dankbarkeit für erlebte Wunder. Ich bin in meiner Geburtsstadt. Die Stadt will modern sein, befreit sich von alten, engen und sonnenarmen Gassen, aus denen Moder und faulige Gerüche steigen.

Der uralte Stadtkern zerbröckelt. Einige alte Gebäude sind instand gesetzt, andere, die stark beschädigt waren, schon abgerissen - sie mussten kalten, gesichtslosen Betonklötzen weichen. Häuser mit historischer Bedeutung überleben die begonnene Entschlackung. Ich gehe in die Gasse hinein. Es ist früher Nachmittag. Die Läden sind geschlossen. Der Verkehr ruht. Erinnerungen aus meiner Kindheit sind plötzlich da. Ich starre auf eine Eingangstür. Sie ist nicht die alte. Die alte Tür war durchlöchert, zerkratzt, abgesplittert und morsch. Aber trotzdem ließ sie mit ihren geschnitzten Einlegearbeiten den Stolz und den Glanz vergangener Zeiten ahnen. Ich erinnere mich, ja, dort hatte der Stuhl gestanden, neben der Haupteingangstür. Beklemmung steigt leise in mir auf. Ich erlebe die Szenen von damals wieder. Es geschah, als ich durch diese Gasse nach Hause ging. Ich kam von der Grundschule…

„Mamma, Mamma", schrie Concetta.
„Was ist los, was ist los?", antworteten mehrere Stimmen aus dem ersten Stock.
„Kommt, schnell, kommt! Maria wird ohnmächtig."

Die Mutter rannte Hals über Kopf die schmalen Stufen hinab, gefolgt von einer Schar Kinder und einigen Erwachsenen, und stürzte auf die Straße hinunter. Sie versammelten sich um Maria, die auf einem wackeligen Strohstuhl neben dem Haupteingang des Hauses hing. Ich sah, wie sich ihre Augen verdrehten, für einen Augenblick das Bild der Madonna mit dem Jesuskind fixierten. Der Kopf sank langsam nach hinten und sie starrte zum Himmel, der zwischen den eng gebauten Gebäuden kaum zu sehen war. Ihre lockigen, dunklen Haare folgten der Kopfbewegung und glitten an ihren Schläfen nach hinten. Ihre Gesichtshaut war blass. Sie war sehr zart. Ihre feingliedrigen Hände hätten die einer Pianistin sein können. Nase, Lippen und Arme - alles harmonisierte mit ihrer zerbrechlichen Erscheinung. Die Mutter griff schnell zu, stützte ihren Kopf.

„Santa Madonna mia, oh du heilige Mutter Gottes, was ist mit ihr, was ist nur mit ihr. Wird sie sterben?", fragte weinend ihre Schwester Concetta.

20

„Was sagst du da! Sei still, sei doch still. Sie wird bestimmt nicht sterben. Geh weg, geh doch weg, du erschreckst uns nur, du Unglücksrabe." Es war die eigene Mutter, die ihre Tochter so anschrie. Ich spürte, dass es auch ein Schrei der Angst, der Furcht vor einer großen Gefahr war. Und ich konnte die Angst in ihrem Gesicht lesen.

„Maria, Maria, meine Tochter, meine geliebte Tochter, antworte doch", wandte sie sich ihrem leblosen Kind weinend zu. Ihr Gesicht war nun wie aus Wachs. In ihrer Angst umarmten sich die versammelten Kinder gegenseitig, um sich zu trösten. Jeder rief den Namen des Anderen. Einige rannten zum Bild der Maria mit dem Kind und flehten um Hilfe. Andere liefen ziellos hinauf in die Wohnung, um dann noch aufgeregter zurückzukehren. Alle Bemühungen der Mutter, Maria wieder zu beleben, waren umsonst. Ich wollte meinen Weg weitergehen, blieb aber wie gebannt stehen. Plötzlich ergriffen mich unbehagliche Gefühle, die ich noch nicht kannte. Sie nisteten sich langsam in mir ein, umwickelten, erstickten mich fast. Mein Geist setzte sich mit aller Kraft gegen diesen Angstzustand zur Wehr, umsonst.

21

Unter meiner Haut brannte ein Punkt, glühte, mitten in der Brust. Ich geriet in unbegreifliche Angst. Inzwischen hatte sich eine Menschenmenge um Maria versammelt. Alles drängte, schob den anderen beiseite. Jeder versuchte, die Ratschläge des Anderen zu übertrumpfen. Da übertönte unerwartet, außerhalb der Menge, die Stimme einer alten Frau die anderen: „Gute Frau, beruhigen Sie sich doch."

Die Frau saß gleich gegenüber auf der Schwelle ihrer Haustür. „Das Kind hat nur einen Sonnenstich. Wenn Sie aber nicht gleich etwas unternehmen, dann kann es sehr großen Schaden davontragen", fuhr die alte Frau fort. Und im gleichen ruhigen Ton fügte sie hinzu: „Ich sage Ihnen, was Sie tun müssen. Ihr Gehirn, ihr Gehirn müssen Sie kühlen."

Die Verwandten, die neugierige Menschenmenge und ich, alle warteten höchst gespannt, was die alte Frau nun raten würde.

„Nehmen Sie ein dünnes Tuch und ein großes Glas. Füllen Sie das Glas mit Wasser, Eis und Öl. Legen Sie das Tuch auf das Glas und stürzen Sie es dann auf den Kopf. Sie müssen aber vorsichtig sein, damit das Wasser nicht ausläuft."

„Lauf, schnell", befahl die Mutter Concetta. „Hol die Sachen!" Während Concetta nach oben rannte, streichelte die Mutter zärtlich und behutsam den Kopf und das Gesicht ihrer Tochter. Sie bewegte sich immer noch nicht. Maria musste acht Jahre alt sein, schätzte ich. Ihr alabasterfarbenes Gesicht ließ ihre armseligen Kleider vergessen.

„Mein Kind, gleich, gleich wird es dir besser gehen. Die alte Frau, die, mit der wir manchmal streiten, hat mir gesagt, was wir tun müssen, um dir zu helfen. Gott möge sie segnen", sagte sie ihrer ohnmächtigen Tochter. Ein paar Minuten verstrichen.

„Concetta, wo bleibst du?", rief die Mutter ungeduldig. Die Angst, dass sich der Zustand Marias verschlechtern könnte, war zu groß. Jetzt war höchste Eile geboten. „Warum kommst du nicht?", schrie sie noch lauter.

„Wir haben kein Eis", antwortete Concetta verzweifelt.

Sofort schrie jemand aus der Menge: „Eis, Eis wird gebraucht."

Eine der vielen Frauen, die aus dem Fenster hingen, verkündete stolz: „Ich, ich habe Eis." Sie brachte eilig einen Topf mit Eiswürfeln herunter.

Alle Leute standen nun gespannt im Kreis um Maria. Sie beobachteten, wie die Mutter genau nach den Anweisungen der alten Nachbarin, das mit Wasser, Eis und Öl gefüllte Glas auf den Kopf der Ohnmächtigen stülpte. Ich konnte der Prozedur nicht mehr folgen, da meine Sicht durch die Rücken der drängenden Menschen versperrt wurde. Alle redeten jetzt durcheinander, alle waren erleichtert, ja sogar einige Witze wurden gemacht. Die Methode musste Wirkung gezeigt haben.

Die Mutter drehte sich um und rief: „Sie ist wieder zu sich gekommen."

Die Spannung ließ augenblicklich nach. Ich wartete nicht mehr ab und ging nach Hause. Es war das erste Mal in meinem Leben, dass ich mit Todesnähe in Berührung kam.

Ein Glas Wasser

Der Bruder aus dem Ausland sitzt gerade in der Küche am Esstisch. Er schaut Fernsehen. Das Fernsehgerät ist sicher auf dem hohen Kühlschrank so positioniert, dass man es von allen Seiten des Zimmers bequem sehen kann. Rechts daneben ist eine Tür. Sie führt zur Diele, von wo aus die anderen Räume der Wohnung leicht erreichbar sind.
Links vom Kühlschrank ist die Einbauküche. Die Schwester ist bereits beschäftigt, das Mittagessen vorzubereiten. Wie immer sind die Spaghetti als erster Gang angesagt. Der Duft der kochenden Soße, mit frischen, schmackhaften Tomaten, angereichert mit Basilikum, füllt den ganzen Raum. Es ist ein warmer Tag. Wie immer in dieser Jahreszeit ist der Himmel tief marineblau. Wirklich ein Tag, um in die giardini pubblici spazieren zu gehen, die sich promenadenartig entlang des Meeres erstrecken. Aber der Bruder zieht es vor, sich mit seiner Schwester zu unterhalten. Nebenbei läuft der Fernseher.
Aber es stört nicht die Unterhaltung, ja, sogar fast das Gegenteil, es untermalt sie.

Zwischen Kochen und Fernsehen reden der Bruder und die Schwester miteinander über die Sorgen, das tägliche Leben, Gesundheit und was man sich noch erzählt, wenn man sich über 3 Jahre nicht mehr gesehen hat.

Plötzlich klingelt es. Der Bruder steht auf, um die Wohnungstür aufzumachen.

„Wo gehst du hin?", fragt die Schwester, als sie den Bruder zur Wohnungstür gehen sieht.

„Die Wohnungstür aufzumachen. Es hat geklingelt."

„Nein, bleib sitzen. Niemand ist draußen."

„Wie? Aber es hat geklingelt!"

„Ja, aber nicht an der Wohnungstür!"

Nun ist der Bruder perplex. Er versteht nicht. Er sitzt sich wieder auf den Stuhl und wartet auf eine Erklärung.

„Du muss wissen, dass die drei Schlafzimmer, das Wohnzimmer und das Bad Klingelschalter haben. Du kannst von jedem Zimmer klingeln. Es läutet dann in der Küche."

„War diese Wohnung für irgendwelche Herrschaften gebaut?", fragt der Bruder.

„Nein, aber es ist praktisch. Wenn es etwas ist, besonders wenn im Bad etwas passiert, kann man Hilfe rufen."

26

Der Bruder versteht noch weniger als vorher.

„So groß ist die Wohnung doch nicht, dass man von einem zum anderen Zimmer nicht hört, wenn jemand Hilfe ruft."

„Aber diese Wohnung hat diese Einrichtung nun mal."

„Wer hat dann geklingelt?", fragt der Bruder.

„Mein Mann!"

„Wie, bitte? Dein Mann?"

„Ja."

„Wieso klingelt er?", fragt neugierig der Bruder.

„Weiß ich nicht. Mach dir keine Gedanken, es ist normal."

Pause. Dann, zwischen Kochen und Fernsehen, geht die Unterhaltung auf andere Lebensbereiche über.

Leise, fast wie eine schleichende Katze, die nach einer Maus jagt, erscheint der Mann an der Küchentür und bleibt dort stehen. Er ist knapp über 60 Jahre, aber die Körperhaltung und der Gesichtsausdruck lassen ihn älter als einen 90-Jährigen erscheinen. Im Zeitlupentempo knöpft er seinen Morgenmantel zu. Er blickt seine Frau vorwurfsvoll und beleidigt an: „Cristina, ich habe geklingelt!"

Nachdem sie ihrem Bruder einen scheuen Seitenblick zugeworfen hat, sagt sie: „Ja. Was willst du?"

Er lehnt schwerfällig an der Tür und mit den Händen in den Taschen mault er: „Was fragst du? Warum bringst du mir kein Glas Wasser?! Du weiß doch, dass ich um vier Uhr Tabletten nehmen muss. Wie soll ich denn die Tabletten ohne Wasser runterschlucken?"

Er dreht sich um und stolz wie eine Primadonna schlurft er in sein Schlafzimmer.

Schweigend füllt die Schwester ein Glas Wasser und trägt es hinaus.

Der Bruder ist schockiert: „Was machst du denn?"

„Lascia perdere", sagt sie resigniert. „Wenn ich es nicht tue, dann sagt er, ich liebe ihn nicht."

Fußballträume

Es gab viele Nischen in seiner Wohnung, auf denen er seine heiligen Beschützer stehen hatte. Er liebte sie mehr, als irgendjemand sonst auf der Welt sie lieben konnte. Vielleicht liebte er sie sogar mehr als seine Mutter. Als er klein war, war er sich sicher, dass er eines Tages einen Fußball über das Spielfeld kicken und ins Tor schießen würde. Schon in diesem Alter, als Junge, träumte er von Reichtum, Ruhm und schnellen Autos. Er war berauscht von den vielen Fernsehinterviews mit großen, berühmten Fußballern, deren Erfolge und Bekanntheit ihm als leuchtende Vorbilder vorschwebten. Er versuchte sie nachzuahmen, in dem er so oft wie möglich auf dem betonierten Hof kickte. Seine Motivation, Zielstrebigkeit, ja sogar Hartnäckigkeit rührten auch daher, dass er am Rande einer großen Stadt in einem abbruchreifen Block wohnte. Dort war auch das Fußballstadion. Abends ging er heimlich auf die Dachterrasse und zählte die Scheinwerfer, die ringsherum das Stadion, in dem er eines Tages die Menschenmassen begeistern würde, taghell erleuchteten.

So konnte er alle Fußballspiele beobachten, ohne auch nur eine Lira zu bezahlen. Sein Vater, seine Mutter und Onkel und Tanten, sie alle verehrten ihre eigenen Heiligen. Einen für den großen Gewinn auf der Rennbahn, damit endlich der Reichtum über die Familie hereinbrach, einen anderen für das Glück und die Liebe, und einen dritten als Bewahrer der Gesundheit. Er hatte oft das Gefühl, dass seine Verwandten ihre Heiligen mehr liebten als ihn. Daher mochte er keinen von ihnen.

Sein Heiliger, ja, nur sein Heiliger war für ihn wichtig, der heilige Matteus, Patron und Beschützer Salernos und seines Fußballvereins. Seine Augen leuchteten vor Freude, wenn er mit seinen mühevoll gesparten centesimi, runde, weiße Kerzen kaufen und sie auf die wacklige Kommode vor dem Bild seines Heiligen stellen konnte. Die Kommode war sein Altar. Jeden Abend betete er zu dem heiligen Matteus, er möge ihm beistehen und helfen, ein großer Fußballstar zu werden. Erst als er sein rundes Gesicht an das eckige, vergitterte Fenster des dunklen, nur 4 qm großen Raumes presste, begriff er, dass er sein Leben wegen eines Balls, der in ein Tor geschossen worden war, ruiniert hatte.

Was war geschehen? Er trainierte so fleißig, dass der Trainer entschied, ihn in die Jugend-Mannschaft aufzunehmen. Zuhause nahm ihn sein Vater kaum wahr. Der war der Spielsucht verfallen und dachte nur an den großen Gewinn, der nie kam. Seine Mutter war zu beschäftigt mit den anderen Kindern. Die anderen Verwandten, die im selben Block wohnten, gingen ihren eigenen Geschäften nach. Niemand kümmerte sich um ihn. So kam es, dass der Verein sein Zuhause wurde. Die Bindung an den Verein steigerte sich allmählich in einen krankhaften Zustand. Das Stadion wurde sein Gotteshaus. Er fing an, andere Heilige anzubeten.

Einen für das Wohl des Vereins, einen für die eigene Kondition und einen Dritten gegen das Unglück. Und der heilige Matteus, er war der Supergott, er stand über ihnen allen. Endlich kam der ersehnte Tag. Er durfte in der ersten Mannschaft spielen.

„Jetzt muss ich mich aber anstrengen", dachte er, „ich muss alles geben. Dann habe ich einen festen Platz in der Mannschaft. Und danach, ja, danach würde es so werden, wie er es als Junge geträumt hatte, Reichtum, Ruhm und schnelle Autos.

31

Da geschah etwas Unerwartetes. Der Kampf um den Ball. Ein böser Sturz. Der Unterschenkelknochen durchstieß die Kniescheibe. Die Karriere war schon zu Ende, bevor sie begonnen hatte. Er blieb seinem Verein treu. Mehr noch, er fühlte sich als Herz des Vereins. Er war bei allen Spielen dabei. Feuerte die Spieler an. Überschrie die Pfeife des Schiedsrichters.

An einem heißen Nachmittag stand die Sonne schwefelgelb am Himmel. In der Luft lag eine spürbare Nervosität der Fans.

Seine eigene war um ein Vielfaches größer und Schweißtropfen liefen über sein Gesicht. Es war ein Schicksalsspiel. Der Aufstieg in die erste Liga war greifbar nahe. Sein Gesicht verwandelte sich in einen aufgeblasenen Luftballon. Er war rot wie ein Krebs. Er brüllte aus Leibeskräften. Er konnte wahrscheinlich seinen eigenen Schrei nicht hören. Er konnte sich nicht mehr halten.

„Schiebung! Schiebung! Schiebung!"

Ein Hechtsprung und schon war er auf dem Spielfeld. Er rannte, so schnell er konnte, zum Schiedsrichter.

Der Übeltäter, der einen Foulelfmeter für die gegnerische Mannschaft gepfiffen hatte! Der Bestochene, der in den letzten 30 Sekunden seine Welt zerstört hatte!

Andere Fans stürzten ihm nach. Schon waren Polizisten zur Stelle. Sie packten ihn am Hals, warfen ihn zu Boden. Schlagstöcke hagelten auf seinen Rücken nieder. Auf den Rängen tobten die Zuschauer und die Volksseele kochte. Polizeiautos fuhren auf das Spielfeld mit Sirenengeheul. Fans prügelten auf einander ein. Die Spieler verließen fluchtartig das Spielfeld, um nicht von den Fans angegriffen zu werden. Trotzdem schafften nicht alle, sich in die Katakomben zu retten. Blutverschmierte Körper lagen überall herum. Wieder heulen Sirenen. Dieses Mal waren es Krankenwagen. In einem letzten wilden Akt der Verzweiflung schaffte er es, sich aus den Griffen der Polizei zu befreien. Er packte einen und schlug ihn so unglücklich, dass er zu Boden fiel. Er war sofort tot.

Er presst sein Gesicht gegen das Gitter und starrt in den blauen Himmel. Er spürt die sommerliche Wärme.

Dann setzt er sich auf seine Pritsche. Er lehnt seinen Kopf gegen die Mauer und weint.

Die Wundermaschine

„Kommst du auch mit oder möchtest du lieber hier bleiben?", fragt mich meine Schwester Rosa. Sie ist 73 Jahre alt. Ich verbringe bei ihr eine kurze ‚Verwandtschaften-Visite'. Sie wohnt einige Kilometer nördlich von Rom. Ich stehe auf der Terrasse. Die Luft hier ist rein und kühl. Es duftet nach Zitronen und wilden Kräutern. Im Gegensatz zu der Ebene rund um Rom beherrscht das Grün die bergige Gegend fast das ganze Jahr über.

„Wohin?", frage ich sie neugierig.

„Zu einer Gesundheitsbefragung. Ich bin vor einer Woche von der Firma Medisana angerufen worden. Die Befragung ist vom Gesundheitsministerium genehmigt. Es gibt einen Fragebogen und ich soll ihn mit einem Mitarbeiter ausfüllen. Für die Mühe bekomme ich ein Fußmassagegerät umsonst. Wenn du aber nicht willst, kannst du hier bleiben. Anna kommt als Gast mit."

Anna ist unsere älteste Schwester. Seltsam, denke ich, dass man für eine Befragung ein Geschenk erhält. Das kommt mit verdächtig vor. Ich beschließe: „Ja, ich komme mit."

Wir steigen ins Auto und fahren los, Richtung Tivoli.

Tivoli, das Dorf, wo die berühmte Villa d'Este mit ihren hundert Brunnen liegt. Tivoli, nahe der Ortschaft Villa Adriana, wo Kaiser Adrian seine Villa bauen ließ. Tivoli, wo ich in einer locanda, einem Wirtshaus, vor ein Paar Jahren assaggini, Kostproben, bestellte, kleine Portionen aus ravioli con ricotta, tortellini al burro, fettuccine panna e fieno und spaghetti crema ai funghi, als erste Hauptspeise serviert. Tivoli, ein Katzensprung von hier aus und schon ist man in Monte Rivoli, von wo aus man die römische Tiefebene und die Stadt Roma eterna bei klarem Wetter sehen kann.

Meine Schwester hält plötzlich an.

„Entschuldigen Sie bitte, wo ist das Hotel Ruspoli?", fragt sie einen Passanten, sie hat sich offensichtlich verfahren.

„Hotel? Wieso Hotel?", frage ich meine Schwester, nachdem sie gewendet hat und in die Straße, die sich den steilen Berg hinauf schlängelt, einbiegt.

„Ja, die Befragung findet in diesem Hotel statt."

Kurze Zeit später parken wir vor einem mittelalterlichen Prunkgebäude, sehr nobel restauriert.

„Entschuldigen Sie, wo findet die Befragung der Firma Medisana statt?", erkundigt sich meine Schwester an der Rezeption.

„Im Rückgebäude", sagt die Dame an der Rezeption trocken.

Freundliche, lächelnde Damen- und Herrengesichter begrüßen uns im Garten vor der massiven Eingangstür.

„Wer ist die Eingeladene?", tritt eine Dame auf uns zu.

„Ich, ich bin es", meldet sich Rosa.

„Meine Schwester und mein Bruder haben mich begleitet. Dürfen sie zuschauen?"

„Ma certo, aber natürlich. Kommen Sie, kommen Sie", und wir werden in einen unmöblierten, winzigen Raum hineinkomplimentiert. Wir nehmen Platz auf spärlichen Stuhlreihen.

„Was kann ich Ihnen anbieten? Ein Glas Wasser oder lieber ein Bonbon?", fragt uns eine andere Dame, die mehr breit als hoch ist.

Ich hätte ein Glas Prosecco bevorzugt, aber ich nehme das Bonbon. Der Raum füllt sich langsam mit netten älteren Leuten.

Eine andere Dame ruft: „Frau Golancini?"
„Hier!"
„Ah, Sie sind das. Venga, venga, kommen Sie, kommen Sie. Die Befragung beginnt in wenigen Minuten. Sie sitzen am Tisch Nummer fünf."
Wir und andere Eingeladene werden gebeten, in den Saal nebenan einzutreten. Viele Tische mit jeweils vier Stühlen füllen den Raum. Aufgereiht erwarten uns blaue Anzüge mit Krawatte und Röcke mit Bluse. Sie stehen stramm neben den ihnen zugewiesenen Tischen und schauen den herein strömenden Leute entgegen. Wir alle werden von einem Herrn und einer Dame in einem weißen Kittel mit Handschlag begrüßt. Der für uns zuständige junge Mitarbeiter stellt sich uns vor: „Sono Antonio. Wer ist die Eingeladene? Ah, Sie sind es. Prego, prego, si accomodino, bitte, bitte, nehmen Sie doch Platz. Also, Sie sind die Eingeladene. Und Sie, Sie sind sicher ihre Geschwister. Si vede, si vede, man sieht es doch. Ah, che gente bella che siete. Ach, was sind Sie für schöne Menschen! Non mostrate proprio l'etá che avete! Sie sehen aus, als ob Sie nicht älter als sechzig Jahre wären. Veramente, wirklich!"

Er plaudert weiter: „Und woher stammen Sie?"

„Aus Neapel", antwortet Rosa.

„Da Napoli! Ach, wie schön! Ach, was für ein Zufall! Ich bin auch aus Neapel. So eine schöne Stadt, non é vero, nicht wahr? Na ja, der Autoverkehr ist zwar chaotisch, aber nur in dieser Stadt kann man den wahren Espresso kosten und die echte pizza margherita, mit mozzarella, Tomaten und Basilikum, genießen. Aber auch die quattrostagioni oder pizza frutti di mare, sind sie nicht köstlich? Und erst die Meeresfrüchte: Garnelen, vongole, Miesmuscheln mit Zitrone. Und vergessen wir nicht die babá al Rum und die sfogliatella mit ricotta oder crema gefüllt – zwei typische Spezialitäten dieser Stadt."

Er seufzt tief und wiederholt: „Ach, Sie sind wirklich so schöne Leute", quasselt er unermüdlich.

Auf dem Tisch liegt ein frustrierter Fragebogen, der ausgefüllt werden möchte, aber nur ein Kreuzchen bekommen hat, weil er sowieso ein Alibi ist. Plötzlich ein Glockensignal.

„Signore e Signori, ich bitte um Ihre Aufmerksamkeit. Meine Mitarbeiter werden jetzt die Fußmassagegeräte verteilen. Dann bitte ich Sie, zum Ende des Saals zu kommen. Ich zeige Ihnen eine Wundermaschine. Die Wundermaschine des Jahrhunderts! Sie ist die neueste medizinische Sensation", verkündet der Mann im weißen Kittel. Antonio und wir stehen auf. Er schiebt uns bis zum Ende des Saals.

Alle sammeln sich vor einem lang gestreckten, mit weißen Tüchern bedeckten Tisch. Alle sind höchst gespannt.

„Wie geht es Ihnen heute?", fragt der Mann im weißen Kittel das neugierige Publikum und im gleichen Atemzug fährt er fort: „Wer hat Halsweh?"

„Ich, ich habe Halsweh", meldet sich ein Mann, der, meines Erachtens, über 75 Jahre alt sein dürfte.

„Und heute früh, als Sie aufgestanden sind? Sie hatten sicherlich Schmerzen am Rücken, an den Armen und an den Beinen gehabt. Und was haben Sie gemacht. Chiaro, le pillole!! Ja klar, Tabletten haben Sie genommen! – Und Sie? Was tut Ihnen weh? Die Schulter? Oder der Ischiasnerv?", überfällt er eine Frau.

Das ganze Spektrum der körperlichen Krankheiten wird aufgelistet.

„Und nun, meine Damen und Herren, Sie können in Zukunft Ihre Leiden zu 100% lindern. Ohne Tabletten, ohne Chemie. Hier ist die Lösung. Die elektronische Wundermaschine Sanis."

Plötzlich wendet er sich zu einem anderen alten Mann: „Sie da, geben Sie mir Ihre Hand! Sehen Sie diese Scheibe? Ich lege sie auf Ihre Hand und schalte das Gerät ein."

Der alte Mann ist nervös, aber tapfer.

„Tut Ihre Hand weh? Spüren Sie etwas? Wird Ihre Hand warm?"

„Nein, gar nicht", antwortet der Mann verdutzt.

„Sehen Sie", der Mann im weißen Kittel wendet sich an das Publikum. „Sehen Sie, das ist Sanis. Sie spüren gar nichts. Die elektronischen Wellen fließen durch Ihren Körper und zwar gezielt dorthin, wo es schmerzt. Und Sie merken nichts! Ist das nicht wunderbar? Sanis, auf diese Wundermaschine sollten Sie nicht verzichten!"

„Die Maschine ist auch für Sie gut", flüstert Antonio mir zu.

„Ich spiele noch Basketball, junger Mann", antworte ich ironisch.

„Nun, gehen Sie alle bitte zurück zu Ihren Tischen. Unser kompetentes Fachpersonal wird Ihnen die Funktion dieser Maschine im Einzelnen erläutern", beendet der Mann im weißen Kittel seine Lobeshymne auf die Wundermaschine.

„Also, diese Gelegenheit sollten Sie sich nicht entgehen lassen", rät uns Antonio beschwörend, während wir uns erschöpft auf die Stühle fallen lassen. „Sie müssen wissen, das ist eine vendita promozionale, ein Einführungsangebot ohne gleichen. Die Maschine kostet im Handel Viertausendfünfundneunzig Euro. Sie können sie jetzt für nur… ach fantastisch, nein, nein, ich traue es mich nicht zu sagen. Was denken Sie, für wie viel?"

Meine Schwester zuckt mit den Achseln.

„Ja, sage und schreibe, für nur Zweitausendachtundneunzig Euro."

Aus dem Nichts erscheint auf dem Tisch, wie von magischer Hand hingezaubert, ein Formular. Antonio fährt fort: „Ihre Daten habe ich schon, Signora Rosa, darf ich Rosa sagen? So eine schöne Frau!"

Und sich an meine Schwester Anna wendend, fragt er: „Und welche sind Ihre Daten?"

„Eigentlich habe ich nur meine Schwester begleitet", erwidert sie.

„Non fa niente, non fa niente, macht nichts, macht nichts, es ist nur pro forma, im Falle, dass Sie an der Wundermaschine Sanis Interesse haben."

Antonio füllt im Eiltempo das Formular aus. „Und Sie, wo wohnen Sie?", fragt er mich, schon startbereit mit dem Kugelschreiber in der Hand.

„Zwecklos, ich wohne in Deutschland", antworte ich ablehnend.

„In Germania! In Deutschland! – Hallo, Marisa, komm, der Herr hier wohnt in Deutschland", ruft Antonio laut in den Saal.

„Sie müssen wissen, die Mutter von Marisa wohnt in Frankfurt. Marisa kann Deutsch!"

Eine Brünette eilt zu unserem Tisch. „Ah, che bello, vive in Germania. Ah, wie schön, Sie wohnen in Deutschland?", fragt sie mich.

„Ja, seit siebenunddreissig Jahren." Wir wechseln ein paar Sätze in Deutsch. Dann fragt sie meine Schwester: „Ist der junge Herr Ihr Bruder?"

Und im gleichen Atemzug fährt sie fort: „Ma si, si vede, aber ja, man sieht es doch. So ein schöner Mann? Ist er verheiratet?"

„Ja!"

„Ach schade! Wie schade!", sagt Marisa mit gespielter Enttäuschung.

„Aber jetzt lasse ich Sie wieder mit Antonio allein", und sie entfernt sich.

Mit einer geschickten Handbewegung hat Antonio, inzwischen, das ausgefüllte Formular meiner Schwester Rosa untergeschoben und nötigt ihr den Kugelschreiber in die Hand.

„Aber, eigentlich… ich hatte nicht vor, etwas zu kaufen", protestiert sie.

„Aber warum? Denken Sie doch an Ihre Gesundheit! Sie werden es nicht bereuen! Ist Ihnen Ihre Gesundheit nicht wichtig?"

„Außerdem kann ich es mir nicht leisten!"

„Ach, das ist doch kein Problem! Wir können eine Ratenzahlung vereinbaren! Sie müssen das Gerät nicht auf einmal zahlen. Ich komme Ihnen entgegen. Nur 129 Euro monatlich, das geht."

„Nein, nein, auch dieser Betrag ist mir noch zu hoch."

„Aspetti, aspetti, warten Sie, warten Sie, ich rufe die Bezirksvertreterin."

Die Dame im weißen Kittel eilt herbei.

„Hallo Antonio, gibt es Probleme?"

„Wir müssen etwas für die Signora Rosa tun."

„Ma certo, aber klar. Welchen monatlichen Betrag hast du der Signora angeboten?"

„129 Euro", antwortet Antonio.

„Nein, wir reduzieren die Raten auf 59 Euro im Monat." Auf die erneute Kaufablehnung meiner Schwester fügt sie eilig hinzu: „Außerdem bekommen Sie eine komplette Leder-Couchgarnitur, ein Kaffeeservice und einen schönen Besteckkoffer. Aber was noch wichtiger ist, eine Versicherung. Ja, eine Versicherung, die, im Falle Ihres Ablebens, die ausstehenden Raten weiterbezahlt, ohne dass Ihre Angehörigen die Kosten übernehmen müssen. Gerade hat ein 78 jähriger Mann den Vertrag unterschrieben."

Ich höre schon wieder Händeklatschen im Saal. Antonio und die Frau klatschen ebenfalls.

„Dieser Applaus", erklärt uns Antonio, „bedeutet, dass jemand den Vertrag unterschrieben hat."

45

Da meine Schwester Rosa immer noch unentschlossen ist, schiebt Antonio meiner Schwester Anna ungeniert das Formular unter die Nase.

„Und Sie, wollen Sie nichts tun für Ihre Gesundheit?", und reicht ihr blitzschnell den Kugelschreiber. Wie in Trance nimmt sie ihn und setzt zur Unterschrift an. Noch blitzartiger als Antonio entreiße ich meiner Schwester den Kugelschreiber.

Stille!

„Sie wollen doch Ihrer Schwester nicht verbieten, die Maschine zu kaufen?", fragt mich Antonio erbost.

„Ja, das will ich! Und ich bitte Sie, die Entscheidung, das Gerät nicht zu kaufen, zu respektieren."

„Si, si, certo, scusi, ja, ja, klar. Verzeihung!" Die Bezirksvertreterin schaltet sich ein. „Aber Zuhören kostet doch nichts."

„Ich höre nur, dass es Zeit ist, wegzugehen!", beende ich das ganze Theater. Wir stehen auf. Die Bezirksvertreterin verabschiedet sich mit säuerlicher Miene. Wir hören sie mit lauter Stimme zu einer anderen Mitarbeiterin sagen: „Antonio ist kein guter Verkäufer! Wir müssen ihn loswerden."

Ich packe meine Schwestern, die vor Mitleid mit Antonio zurück zum Tisch streben, an den Armen und führe sie hinaus aus dem Saal durch die Bchclfstür.

Der Raum füllt sich inzwischen wieder mit alten Leuten. Antonio weicht bis zuletzt nicht von unserer Seite.

„Grazie, non c'é bisogno che ci accomagna fino all'auto, danke, Sie brauchen uns nicht mehr zum Wagen zu begleiten."

Grazie, ladri
(Hochzeit in Rom)

Flughafen München.

Geduldig warteten meine Frau, meine zwei Töchter und ich am Flugscheinschalter, um für den Flug nach Rom aufgerufen zu werden. Denn, so hatte meine Nichte Lena entschieden: nicht am Sonntag, wie in Italien üblich, sondern am Samstag wollte sie heiraten! Und in piena estate! Mitten im Sommer! Mutig hatten wir uns in das Abenteuer einer Flugreise mit Alitalia nach Rom gestürzt. Stand-by! Auf Warteliste! Und das am Samstag!

Erster Flug um 07.00 Uhr; Ankunft in Rom um 08.20 Uhr. Die Hochzeit war für 11.00 Uhr festgelegt. Wie konnte ich aber auch am Samstag auf Warteliste fliegen. Der Flug war wie immer überbucht! Coraggio! Kopf hoch!, sagte ich mir. Ich spürte es schon in mir brodeln. Meine Töchter, sechs und acht Jahre alt, wurden ungeduldig. Klar! Sie sahen die Passagiere, einer nach dem anderen, in die Maschine einsteigen. Wir hatten noch nicht einmal eine Bordkarte.

48

Mannaggia! Verdammt! Ich fing an zu schwitzen. Es war wirklich keine gute Idee gewesen, schon im festlichen Anzug die Reise anzutreten. Endlich die Erlösung. Wir wurden aufgerufen und bekamen die ersehnten Bordkarten. Geschafft! Schwein gehabt.

Flughafen Rom.

Der Flug war ausnahmsweise mehr als pünktlich, sogar 20 Minuten früher als vorgesehen. Che miracolo! Was für ein Wunder! Nachdem wir unsere Koffer abgeholt hatten, gingen wir zur Abflugebene. Das war mit meiner Schwester vereinbart. Wir warteten am Ende der Rolltreppe, genau an der Stelle, wo sie mich immer abholte, wenn ich allein nach Rom kam. Ein Blick auf die Uhr: 08.30 Uhr. Es wurde bereits heiß. Ich schaute links und rechts, versuchte meine Schwester zu entdecken. Keine Spur! Zweifel überfielen mich. Hatte ich sie richtig verstanden? Warteten wir an der richtigen Stelle? Was für ein Stress! 08.50 Uhr! Noch keine Spur von meiner Schwester. Ich musste meine Töchter trösten: „Pazienza. Tante Clara kommt ja bald und holt uns ab. Sie hat uns bestimmt nicht vergessen. Habt keine Angst. Wir verpassen die Hochzeit schon nicht."

Il traffico! Der Verkehr!, dachte ich, am Samstag in Rom. Dio ci aiuti! Gott steh uns bei! Ich wollte meine Familie beruhigen und sagte: „Wartet hier. Ich laufe zurück zur Ankunftsebene, mal schauen, ob sie da auf uns wartet."

Ich wischte den Schweiß von meiner Stirn, während ich nach unten rannte. Aber auch in der Ankunftshalle wieder keine Spur. Ich trat durch die Glastür nach außen. Keine Schwester weit und breit! Was tun? Am besten rufe ich sie zu Hause an, dachte ich. Da ich felsenfest davon überzeugt war, dass alles klappen würde, hatte ich mir ihre Telefonnummer nicht notiert. Che sciocco! Bin ich blöd! Wozu brauchte ich ihre Nummer? Die ist ja schon unterwegs! So beschloss ich, meine andere Schwester Anna, la madre della sposa, die Mutter der Braut, anzurufen. Diese Nummer wusste ich auswendig. Wir schwatzen öfter miteinander. Sie meldete sich sofort. Ganz aufgeregt fragte sie: „Gino, wo seid ihr denn? Die Clara sucht euch überall. Wir haben schon gedacht, ihr wärt nicht gekommen!"

„Aber wo ist sie denn?", erwiderte ich.

„Am Flughafen. Aber sie hat euch nicht bei der Ankunft raus kommen sehen."

„In der Ankunftshalle? Warum? Wir hatten uns doch ganz woanders verabredet. Ja, dort, wo sie mich immer abholt, wenn ich nach Rom komme, beim Abflug."

„Ah, das wusste ich nicht."

Ich lief eilends wieder zurück zur Abflugebene. Da war sie! Und unterhielt sich schon mit meiner Frau und den Kindern.

„Sag mal, wo bleibst du denn? Es ist schon 09.10 Uhr", fragte ich ganz nervös.

„Ah Gi, du hast mir doch gesagt, die Maschine landet um 08.20 Uhr. Da habe ich gedacht, 09.00 Uhr reicht. Ich wollte nicht früher kommen und das Auto so lange stehen lassen. Es könnte ja geklaut werden. Du weißt: i ladri!"

Ich konnte ihr keine Vorwürfe machen. Vor einem Jahr hatte ich selbst eine böse Überraschung erlebt. Am Strand von Ostia. Goldene Uhr und Geld waren weg. Aus meinem Kofferraum. I compaesani! Meine eigenen Landsleute!

Nachdem wir uns alle richtig begrüßt hatten, bacetti, bacetti, Küsschen, Küsschen, quetschten wir uns in ihren kleine Fiat.

Einer der Koffer musste noch zwischen den Kindern im Fond verstaut werden. Der Kofferraum war für unser Gepäck nicht groß genug.

„Ich dachte, Piero wollte uns mit seinem Mercedes abholen", sagte ich vorwurfsvoll zu meiner Schwester.

„Ja, ursprünglich wollte er auch, aber die Garage macht am Samstag erst um 09.00 Uhr auf. Er hätte das Auto gestern Abend raus fahren und es auf der Straße parken müssen. Du kennst ihn ja. Er hätte die ganze Nacht kein Auge zugetan. Auf so ein teures Auto sind viele scharf."

Che mondo! Wir kamen bei Anna an. Mir schlug Blumenduft entgegen, als wir den Innenhof betraten. Der Weg des Brautpaares bis zur Straße war von Blumenkübeln gesäumt. Was für ein Meer von Blüten! Und darüber ein strahlend blauer Himmel. Wieder Umarmungen, bacetti, bacetti mit der Schwester, mit dem älteren Bruder, mit der Braut und mit dem Rest der tribu' – mindestens zwanzig Personen auf zwanzig Quadratmetern!

Che confusione! Was für ein Trubel!

Meine Nichte hatte ein Bugatti Cabriolet geleast. Sie wollte von Onkel Piero zur Kirche chauffiert werden. Piero nahm mich beiseite und sagte: „Du musst den Mercedes fahren. Ich habe die Alarmanlage und Wegfahrsperre noch eingeschaltet. Du musst die Alarmanlage ausschalten. Der Schalter ist neben dem Gaspedal. Um den Motor anzulassen, musst du den Stift für die Dieselzufuhr unter dem Steuerrad nach oben drücken."

Nach diesem theoretischen Vortrag gingen wir hinunter und reihten uns links und rechts auf, um für die Braut Spalier zu stehen. Alle Nachbarn hingen von den Balkonen und schrien: „Viva la sposa! Viva la sposa! Hoch lebe die Braut!"

Ihr Schleier umwallte ihren Gang. Alle waren aufgeregt. Die Zeit wurde knapp und knapper. Jetzt war Eile angesagt.

„Presto, presto, schnell, schnell, steigen wir ins Auto", drängte meine Schwester Anna.

Da ich den Weg zur Kirche nicht kannte, bot sich mein Neffe Mario an, mich zu lotsen. Ich steckte den Zündschlüssel ins Schloss, beugte mich nach vorne und fing an, den Alarmschalter zu suchen. Ich fand ihn nicht! Mannaggia! Mist!

Wo ist denn dieser verdammte Schalter?, fluchte ich. Gleich geht die Alarmanlage los! Es verging eine Ewigkeit, bis ich ihn schließlich fand.

Meine Familie hinter mir schrie: „Fahr doch endlich!"

Glücklich drehte ich den Zündschlüssel. Der Motor sprang an. Ich legte den ersten Gang ein und gab Gas. In diesem Moment setzte der Motor aus! Puff! Zu wenig Gas gegeben. Imbecille! Du Blöder! Erneuter Start, erneutes Aussetzen des Motors! Was mache ich nur falsch? Porca miseria! Ich wiederholte diese absurde Prozedur mindestens fünf Mal. Kein Erfolg! Inzwischen hielt Mario ungeduldig neben mir und blickte mich fragend an. Er versperrte die linke Fahrbahn. Mein Anzug klebte an meinem Körper! Die Ampel hinter uns sprang auf Grün: ein Hupkonzert brach aus. Meine Hände umklammerten das Steuerrad. Die Sonne brannte gnadenlos aufs Autodach. Im Auto war es totenstill! Keiner wagte ein Wort zu sagen. Der Zeiger der Uhr sprang auf 11.00!

„Der Stift!", schrie ich. Oh Dio! Diesen Stift hatte ich komplett vergessen.

Ich war erlöst, atmete auf, hantierte fieberhaft und fand ihn sofort. Ich startete, trat aufs Gas.

Als wir an der Kirche ankamen, war der Parkplatz voll.

Che me ne frega, dachte ich und blieb einfach zwischen den Reihen stehen. Weit und breit war niemand mehr zu sehen. Wir waren die letzten. Ich hörte die Orgel dröhnen. Die Kirche war bis auf den letzten Platz gefüllt. Wir blieben hinten stehen und wohnten der Trauung aus der Entfernung bei.

Grazie ladri!

Es war eine schöne Hochzeit!

Recycling auf Italienisch
(Fiktion)

Unangemeldet stand ich da, vor dem Klingeltableau und drückte auf den Knopf. Ich liebte Überraschungen. Und hatte damit immer Erfolg.

Meine Schwester war eine große Liebhaberin des ‚deutschen' Kaffees. Sie hatte nicht viel zum Leben. So brachte ich, als der reiche Bruder aus dem Norden Europas, ihr immer einen großen Vorrat mit. Ein freudiges „ciao" hallte durchs Treppenhaus, als ich mich meldete. Mit strahlendem Gesicht empfing sie mich an ihrer Tür. Die Farbe des Türrahmens blätterte immer mehr ab. Das Holz, das darunter zum Vorschein kam, war halb verfault. Sie lebte seit mehr als dreißig Jahren in dieser dunklen Wohnung im zweiten Stock, deren Balkon auf einen sonnenlosen Hinterhof ging. Jedes Mal, wenn es regnete, kam aus dem Hof ein modriger Geruch empor, der in die Wohnung durch die undichten Fenster strömte. Die Böden waren abgetreten, die Wände vergilbt.

Das trübe Licht, das durch die kleinen Fenster ins Zimmer fiel, beleuchtete unsere stürmische Begrüßung, baci, baci, Küsschen, Küsschen. Ich setzte mich an den Esstisch des Wohnzimmers. Meine Schwester deckte rasch den Tisch, holte ihre vergilbte Damasttischdecke und das angeschlagene Feiertagsgeschirr hervor. Es sollte trotzdem alles ein bisschen festlich sein. Nach dem „come stai? come vanno le cose? Wie geht's und wie steht's?", kam sie schnell auf ihre Hauptsorge zu sprechen: ihre teure Wohnung. Sie schrie plötzlich los: „Questa maledetta! Diese Verbrecherin!"

„Wer?", fragte ich erschrocken.

„Die Vermieterin. Sie will die Miete um fünfzig Prozent erhöhen", sagte sie wütend. Das ist der Dank, dass ich auf meine Kosten das Bad habe renovieren lassen."

„Aber warum hast du das Bad renovieren lassen. Das ist Sache des Eigentümers", sagte ich.

Sie seufzte.

„Außerdem glaube ich, eine fünfzigprozentige Mieterhöhung ist gesetzlich nicht erlaubt", fügte ich hinzu.

„Si, questo maledetto Governo, ja doch, diese verdammte Regierung! Die hat einfach den Mietspiegel aufgehoben", schrie sie erbost. Sie war nun wirklich in Rage. „Und jetzt kann jeder stronzo, jeder Dreckskerl, die Miete erhöhen, wie er will!" Und leise weiterschimpfend: „Questi farabutti! Diese Schurken!" Sie fuhr fort: „Ich habe das Bad renovieren lassen, weil es nicht mehr funktioniert hat. Ich bin bei der Vermieterin immer nur auf taube Ohren gestoßen." Einen Moment holte sie Luft, dann redete sie hitzig weiter: „Sai, weißt du, la mia pensione! Meine Rente! Am besten nehme ich sie und gebe sie gleich der Vermieterin weiter! E poi vivo d'aria, und dann lebe ich von Luft!" Mit empörter Stimme sagte sie dann: „Aber wenn die Vermieterin die Miete erhöhen will, dann muss sie mir erst mal die Renovierungsarbeiten zurückerstatten. Ah, non scappa! Sie hat keine Chance. Sie kann ihre Forderung in den Kamin schreiben! Und dann dieser verdammte Euro!", klagte sie, „der hat mir den Rest gegeben. Meine Kinder helfen mir, so gut sie können. Wenn diese Hilfe nicht wäre, dann könnte ich mich gleich in den Sarg legen", beendete sie frustriert den Satz.

Während dieses Gesprächs hörte ich seltsame Geräusche, die aus der Küche kamen. Es klang so, als ob Wasser in einem Topf kochte. Nur es war kein kontinuierliches Geräusch, sondern es blubberte. Undefinierbar. Da es kein Ende zu nehmen schien, fragte ich meine Schwester: „Hast du etwas auf dem Herd stehen? Es brodelt so seltsam in der Küche."

„Nein. Die Nachbarin über mir hat die Waschmaschine angemacht."

Ich verstand diese Verknüpfung nicht. „Was hat die Waschmaschine der Nachbarin mit diesem seltsamen Brodelgeräusch in deiner Küche zu tun?", drängte ich.

„Vuoi ridere? Willst du lachen?", fragte sie mich mit einem unerwarteten, herzhaften Lachen und stand auf. All ihr Ärger und ihre Wut schienen verflogen zu sein. Nun war ich wirklich neugierig, was sie mir zeigen wollte. Wir gingen in die Küche. Aus dem doppelten Spülbecken sprudelte Schaumwasser in Hülle und Fülle nach oben und das Wasser gurgelte fröhlich dahin. Noch wenige Zentimeter und es würde auf den Boden herunterplatschen.

„He, was ist denn das?", fragte ich.

Sie lachte noch lauter, nahm einen kleinen Eimer und fing an, das Schaumwasser in einen größeren Behälter umzuschütten.

Ich konnte meinen Augen nicht glauben. „Eh, was machst du denn da?", fragte ich sie beschämt.

„Das ist pures Gold! Wirklich pures Gold! Die Nachbarin wäscht einmal in der Woche. Da lange ich zu. Ich löffle das Spülwasser in diesen großen Behälter. Es reicht die ganze Woche. Bis zum nächsten Waschvorgang. Damit reinige ich den Boden meiner Wohnung. Wenn aber nach einer Woche das Schaumwasser ausfällt, gehe ich einen Stock höher und sage meiner Nachbarin, sie soll gefälligst ihre Waschmaschine anmachen. Wo kämen wir denn hin! Ich kann nicht länger als eine Woche ohne Schaumwasser auskommen!"

Ich lachte und dachte, sie wolle Witze machen. Aber als ich sah, wie sie den großen Eimer mit dem gesammelten Wasser vorsichtig unter das Spülbecken stellte, wurde mir bewusst, dass es ihr ernst war. Ich brach die unerträgliche Stille und fragte sie: „Aber wieso läuft das Schaumwasser in dein Spülbecken?" Ich wollte es unbedingt wissen.

Sie nahm mich an der Hand und zog mich wieder ins Wohnzimmer. Sie schob die Nähmaschine von der Zwischenwand weg, welche Küche und Wohnzimmer trennte und zeigte mir einen etwa einen Quadratmeter großen Fleck, auf den weißer Gips hingeklatscht worden war.

„Schau! So arbeiten Handwerker. Hier war ein Rohrbruch. Das kaputte Rohr ist nur bis hierher ersetzt worden. Das alte Rohr haben sie gelassen wie es war, bis in den Keller hinunter. Das Wasser kann jetzt nicht mehr richtig abfließen. Der ganze Dreck kommt in mein Spülbecken. Und schau dir an, wie die Handwerker den Putz angebracht haben. Sogar ich hätte es besser gemacht."

„Und du? Lässt du es dir gefallen?", fragte ich sie entrüstet.

„Ich habe es der Vermieterin schon oft gesagt. Aber ihr ist es egal. Also gilt auch für mich che me ne frega! Mir ist es auch egal!", sagte sie mit bitterer Ironie.

Sie schob die Nähmaschine wieder an die Wand, um den Fleck zu verdecken, ging zurück in die Küche, drehte den Wasserhahn auf und spülte resigniert den Schaumrest weg.

Kurze Zeit später tranken wir einen Espresso und unterhielten uns weiter, als ob nichts gewesen wäre.

Zitronengarten
(Metapher)

Giovanni sitzt auf einem Meilenstein, der an der Grenze zwischen Straße und Böschung steht. Er starrt die Böschung an, die feindselig und bedrohlich steil nach unten abstürzt. An ihrem Ende ruht das blaue, kristallklare Meer. Schwalben fliegen in scharfen Bögen, tauchen hinunter und steigen wieder auf. Unzählige, kleine, idyllische Buchten zieren die Küste vor seinen Augen. Gewaltige Felsenarme, die sich herrisch in das Meer strecken, umarmen sie schützend gegen die unbändigen Winterstürme. Der Horizont geht nahtlos in den Himmel über. Die kahlen Berge der costiera amalfitana ragen hinter ihm auf. Autos rasen auf der wendigen, schmalen Straße dieser vertrauten Gegend hinter seinem Rücken vorbei. Hier ist das Land, wo er seine Jugend verbracht hat. Die Luft ist gesättigt von dem aromatischen Duft der Zitronen, die in dieser Gegend wachsen, obwohl die Bäume noch keine Früchte tragen. Die Mittagssonne schmilzt den weislich schimmernden Himmel zu einer schwülen Glocke, die schwer auf seinem Gemüt lastet.

Er sitzt seit geraumer Zeit gedankenlos, ohne die raue Landschaft wahrzunehmen; die wilde Natur, die seine Seele aufgesaugt hat. Mit einer Hand wischt er sich wiederholt den Schweiß von seiner Stirn. Mit der anderen gräbt er unbewusst ein Loch in der Erde, als wolle er sich dort für immer fest einpflanzen. Die Schwalben mit ihrer weißen Kehle und schwarzem Frack kreisen nicht weit entfernt um ihn herum. Er folgt wie hypnotisiert ihren steilen, schnellen, fröhlichen Flugbewegungen, die sie scheinbar ohne Mühe und Leid vollführen.

Ein Neidgefühl schleicht sich in ihn ein. Frei, diese Wesen sind frei von jeglichen menschlichen Zwängen. Er stellt sich vor, einer von diesen Tieren zu sein. Die Welt aus ihren Augen zu betrachten, um sich selbst durch ihre Augen zu sehen. So hat er des öfteren in seinem Leben, um aus sich heraus zu flüchten, versucht, sich in andere Menschen zu versetzen, um über sich selbst zu urteilen. Für einen Augenblick gelingt ihm dieses Vorhaben. Und während er durch die Lüfte wirbelt, sieht er eine dunkle, grüne Fläche, ja, dort unten, nahe am Meeresspiegel.

Es ist ein kleiner Zitronengarten. Jeder Ast trägt weiße, zarte, saftige Knospen. Der Glanz der tiefgrünen Blätter blendet seine Augen. Ein unwiderstehlicher Drang verlockt ihn, in diesen Garten hineinzufliegen. Es ist nicht schwer. Er hockt schon auf einem Ast. Der schlafende Wind lässt die Stille, die im diesem Garten herrscht, spüren. Er hört nur leise die Fliegen summen. Die heißen Sonnenstrahlen durchdringen die leeren Räume zwischen den Baumkronen und spalten die schwüle, dicke Nachmittagsluft, lassen den Garten surreal erscheinen. Dieser Garten muss mit Liebe und Geduld angelegt worden sein, da der Boden karg, steinartig, trocken und abschüssig ist. Kein Zeichen von Vernachlässigung. Die Bäume gedeihen in Harmonie. Die Ernte wird üppig ausfallen und Glück bringen.

Das kurze Heulen einer Schiffsglocke weckt seine Aufmerksamkeit. Er sitzt noch auf diesem Stein. Giovanni ist entschlossen, auch einen schönen Zitronengarten anzulegen, zu besitzen, ihn zu pflegen. Eifrig plant er schon, wie er es bewerkstelligen wird. Wie ein Blitz, der seine Erinnerungen erschüttert, fällt ihm ein, dass er ja schon einen angelegt hatte.

Er müsste nur aufstehen, hingehen, sich an die Arbeit machen. Er bleibt stattdessen willenlos sitzen. Apathisch verfolgt er das Schiff, das langsam den Hafen verlässt und seine Träume mitnimmt. Morgen wird er nach Hause fliegen, in den Norden. Er wird vermutlich seinen Garten verwahrlosen lassen.

I zampognari (Die Dudelsackpfeifer)
(Eine Weihnachtsgeschichte)

Es ist später Nachmittag. Ich lausche Geigen- und Klavierklängen, die aus dem Erdgeschoss kommend, leise das Haus bis unters Dach füllen. Meine Töchter spielen gerade die berühmte Mondschein-Sonate. Klavierspielen, das war mein unerfüllter Jugendwunsch.

Ich wende meinen Blick von der vorweihnachtlich geschmückten Stube und lasse ihn durch das Fenster ins Freie schweifen. Ich schaue nur in ein graues Nebelmeer. Meine Gedanken schweben auf den lieblichen Tönen, gleiten durch diese Nebelwand. Ich verweile für einen Augenblick in der Vergangenheit. Ich kehre zurück in meine Heimatstadt, Salerno. Bin wieder ein kleiner Junge, frierend, ohne Handschuhe und Mütze. Ich bin eingezwängt in eine dichte Menschenmenge. Die Läden sind weihnachtlich geschmückt. Alles leuchtet hell in der hereinbrechenden Dunkelheit.

Bunte Glühbirnen umrahmen farbenprächtig die Schaufenster. In vielen lächelt freundlich der Babbo Natale, der italienische Weihnachtsmann, in seiner roten Robe und dem üblichen weißen Bart. Er bringt aber hier bei uns keine Geschenke. Diese Aufgabe hat die Befana, eine Art gute Hexe, die in der Nacht vom fünften auf dem sechsten Januar nachts durch die kalte Luft gesaust kommt und den artigen Kindern Spielsachen bringt. Ich muss wohl nicht artig gewesen sein, denn mir brachte sie nie etwas. Meine Eltern waren arm. Ich spüre, wie die Luft immer kälter wird und reibe meine Hände aneinander. Ich zähle die wenigen Tage bis Weihnachten. Dann kommt endlich der Tag, auf den ich mit großer Sehnsucht gewartet habe. An Weihnachten gibt es ein festliches Mahl. Ein Stück duftendes, braun gebratenes Hähnchen. Die ganze Familie ist um den Tisch versammelt, alle schwatzen und lachen.

Ich suche wie jedes Jahr in der Innenstadt das besondere Schaufenster, wo ich weiß: ja, dort sind meine Weihnachtsfiguren ausgestellt. Ich klebe mit meiner Stirn an der Schaufensterscheibe, mein Atem beschlägt das Glas.

Ich sehe sie, meine geliebten Figürchen aus Terrakotta. Sie sind nicht bemalt. Jedes Mal, wenn die Ladentür aufgeht, strömt der Geruch von frischem Lehm in meine Nase. Der Duft trägt mich zu fernen Ländern.

Während ich dort stehe, fange ich an, mir im Kopf meinen eigenen presepio, die italienische Weihnachtskrippe, zusammenzusetzen. Ich forme mit braunem Packpapier einen Berg, auf dem sich Wanderwege und kleine Pfade hinaufschlängeln. Ich hänge an durchsichtigen Fäden den nächtlichen Himmel mit funkenden Sternen darüber auf. Ich säe kleine Papphäuser mit geöffneten Fenstern, in denen winzige Glühbirnen brennen, neben den Wegen. So entsteht ein ganzes, kleines Dorf. Auf dem höchsten Berg errichte ich das Schloss des Herodes. Ich strecke im Geiste meine Hand durch das Glas und wähle aus den Regalen die Weihnachtsfiguren: Bauern, Metzger, Bäcker, Fischer und viele andere. In Italien nimmt das ganze Volk an der Geburt Christi teil. Ich platziere sie so auf dem presepio, dass alle ihre Gesichter zu der grotta, der Geburtshöhle, weisen.

Ich stelle dann die Drei Heiligen Könige, die auf ihren Kamelen heranreiten, auf dem steil abfallenden Pfad oberhalb der Grotte auf. Sie bringen dem Gesu Bambino, dem Christkind, die aus der Bibel bekannten köstlichen Geschenke: Incenzo, mirra und oro, Weihrauch, Myrrhe und Gold.

Weiße Flocken, die sich in der Luft wiegen und sanft zur Erde niedersinken, wecken mich aus meiner Trance. Ich mache mir klar, dass ich meinen Traum eines eigenen presepio nicht erfüllen kann. Ich habe keine einzige Lira. Schnee!, flüstere ich und strecke die Hände aus. Es schneit. Das ist ein seltenes Ereignis für die Gegend, in der ich lebe. Und ich freue mich. Über Schnee habe ich bisher nur in Märchenbüchern gelesen. Meine Füße werden langsam eiskalt, ich fange an, am ganzen Körper zu zittern, die kalte Luft schneidet mir ins Gesicht. Ich verabschiede mich von meinen Weihnachtsfiguren im Schaufenster und renne nach Hause. Dort kann ich mich zumindest vor dem braciere, dem Kohlebecken mitten im Zimmer, wärmen.

Ich knie mit ausgestreckten Händen davor. Meine Mutter hat eben neue Holzkohle zugelegt und angezündet.

Auf dem Weg nach Hause bin ich den zampognari begegnet, erzähle ich ihr. In meiner Fantasie kommen sie aus den hohen, verschneiten Bergen eines unbekannten Landes. Trotz der Kälte bin ich doch voller Bewunderung stehen geblieben.
Sie tragen Schafspelze auf den Schultern und kurze Lederhosen, dicke Kniewollsocken und gefütterte Wanderschuhe. Sie sind zu zweit und spielen auf der cornamusa und piffero, dem Dudelsack und der Piccoloflöte. Sie musizieren in der ganzen Adventszeit.
Ich summe leise das uralte Weihnachtslied mit: „Tu scendi dalle stelle, oh Du, der aus der Sternen hernieder steigst, oh König des Himmels, Du begibst Dich zu einer Grotte in Kälte und Frost. Oh Du mein heiliges Kind, ich sehe Dich frieren. Und Du hast viel bezahlt, um mich zu lieben. Du, oh mein Herr, der der Schöpfer der Welt bist, hast nicht einmal etwas, um deine Blöße zu decken und zu wärmen.

71

Liebstes auserwähltes Kindlein, Deine Armut lässt mich in Liebe zu dir erglühen, da Du für uns so leidest. In dieser dunklen, kalten Nacht knien wir vor dir, um dich zu begrüßen und anzubeten, Dich, den Retter der Welt."

Die zampognari verkünden so Jesu Ankunft auf Erden. Die Zuhörer, die sie ehrfürchtig im Kreis umrahmen, belohnen sie, ich höre die Münzen in ihrem Hut klingen. Ich verweile noch auf meinem Kanapee in der warmen Stube. Der feine Duft des Heiligabend-Mahls steigt mir in die Nase und füllt den Raum. Der Kachelofen verbreitet eine Bruthitze um sich. Der geschmückte Weihnachtsbaum prangt mitten im Wohnzimmer, wenn er auch kein Ersatz für den presepio, die Krippe, meiner Kindheit sein kann.

Ich rufe zu meinen Töchtern hinüber, und bitte sie, das Lied ‚Tu scendi dalle stelle' zu spielen. Als sie meinen Wunsch erfüllen, weiß ich: es weihnachtet sehr. Sehnsucht nach der Heimat erfasst mich. Während die Musik leise das Haus durchzieht, denke ich nach: Verstehe ich die Botschaft noch? Verstehen die Menschen diese Botschaft noch?

Eine gespenstische Nacht

Nebel lag über dem großen, schwach beleuchteten Parkplatz. Ich hatte Mühe, meinen Wagen zu finden, obwohl ich ungefähr wusste, wo ich ihn geparkt hatte. Endlich fand ich ihn. Ich öffnete erleichtert die Tür und ließ mich auf den Sitz fallen. Ich gähnte, steckte den Schlüssel ins Schloss und ließ den Motor an. Die Mitternachtsnachrichten wurden gerade gesendet. Ich legte den ersten Gang ein und fuhr in die schwarze Nebelwand hinein. Nach einigen Kilometern erschien plötzlich vor mir ein Schatten menschenähnlicher Gestalt auf dem Asphalt. Erschrocken hielt ich an. Der Schatten hielt ebenso an. Ich starrte auf den Boden und blendete auf. Der Schatten verschwand. Nichts mehr war zu sehen. Ich fuhr weiter. Ich hatte mich gerade eben beruhigt. Als ich abblendete, erschien der Schatten wieder vor mir. Er bewegte sich mit derselben Geschwindigkeit wie ich. Ich hielt an, er hielt an, ich fuhr weiter, er bewegte sich genauso. Ich konnte ihn nicht abschütteln. Das einzige, was ich tun konnte, um ihn loszuwerden, war aufzublenden. Da war er jedes Mal weg.

„Das ist ein Warnzeichen", sagte ich zu mir und fuhr noch vorsichtiger als nötig. Ein Mondstrahl, der zwischen zwei Nebelbänken hervordrang, verschluckte ihn schließlich und ich kam zu Hause an, ohne, dass er wieder erschien. Die Kirchenuhr schlug die erste volle Stunde. Nachdem ich das Auto in der Garage geparkt hatte, ging ich auf die Haustür zu. Ich drückte den Lichtschalter. Ein greller Blitz erhellte mein Gesicht. Die Birne brannte mit einem dumpfen Knall aus. Totenstille umfing mich. Ausgerechnet an diesem Abend war die Beleuchtung defekt. Die Dunkelheit schien sich in Finsternis zu verwandeln. Ich versuchte, mit den Fingern das Schlüsselloch der Haustür zu ertasten. Ein leichter, frischer Luftzug streifte mein rechtes Ohr und mein Gesicht wie eine Feder. Es war wie ein flüsterndes Atmen. Ich drehte den Kopf schnell nach links und rechts. In der dicken, pechschwarzen Nebelsuppe konnte ich niemanden sehen. Endlich schaffte ich es, die Tür aufzumachen und ich stolperte fast rückwärts in den Windfang hinein. Ich schloss hastig die Tür, als ob ich verhindern wollte, dass jemand hinter mir hereinstürmte.

Erst als ich die Jacke abgelegt hatte, merkte ich, dass meine Hände nass waren und meine Schläfen flatterten. An diesem Abend war ich allein zu Hause. Ich entschied, gleich ins Bett zu gehen. Ich konnte aber nicht einschlafen, vermutlich weil die Hunde des Nachbarn in unregelmäßigen Abständen heulten. Der Mond durchdrang manchmal den Nebel und erleuchtete mein Schlafzimmer. Kleine Nebelbänke, von einer aufkommenden, stärker werdenden Brise getrieben, wanderten durch meinen Garten. Sie streiften die Fenstertür, als ob sie in das Schlafzimmer hinein dringen wollten, um sich dann stumm aufzulösen. Jedes Mal, wenn der Nebel an die Fensterscheibe drückte, glaubte ich zwei fluoreszierende Augen zu sehen, die in dem Nebel schwebten und mich durch das Fensterglas anstarrten. Ich knipste das Licht an und griff nach einem Buch auf der Konsole über dem Bett. Ich hatte gerade die dritte Seite angefangen, als das Licht flackerte. Muss ein Wackelkontakt sein, dachte ich. Also stand ich auf und drehte die Birne fest. Ich zog das Kopfkissen etwas höher und las weiter. Wieder streifte meinen Nacken ein kalter Hauch. Die Schlafzimmertür ist offen, stellte ich mit Erleichterung fest. Ich stand wieder auf und schloss sie. Als ich ins Bett zurückging, fiel plötzlich ein Buch polternd vom Bettregal herunter.

Verdammt, dachte ich, was ist los heute Nacht? Entnervt stand ich wieder auf und stellte das Buch an seinen Platz zurück. Die Kirchenuhr schlug die zweite volle Stunde. In der Hoffnung müde zu werden, zwang ich mich, noch ein paar Seiten zu lesen. Als ich gerade so richtig in das Buch vertieft war, fing das Licht wieder an zu flackern. Der geisterhafte Luftzug wehte jetzt auch über meine Hände. Zwei Bücher fielen krachend auf den Boden. Ich setzte mich auf. Ich blickte die Lampe vorwurfsvoll an. Ich drehte den Kopf zur Tür und ich starrte auf die zwei Bücher am Boden. Ich zweifelte an meinem Verstand. Zeit zu schlafen!, befahl ich mir.

Ich wickelte mich in die Bettdecke ein. Ich wälzte mich im Bett hin und her. Die Kirchenuhr schlug die dritte volle Stunde.

Ein Knacken. Meine Ohren spitzten sich wie bei einem Jagdhund. Da war jemand. Ich sprang auf und bewegte mich auf Zehenspitzen zur Tür. Ich horchte. Tum... tum, das Geräusch kam aus dem Keller. Ich dachte: „Da bricht einer durch das Kellerfenster ein!"

Nur in Hemd und Unterhose schlüpfte ich in die Hausschuhe und schlich in der Dunkelheit durch Diele und Windfang in die Garage. Ich tastete mich an der Wand entlang bis zum Werkzeugschrank. Ich ergriff einen schweren Hammer. Ich war zu allem entschlossen. Niemand konnte mir etwas antun. Ich ging zurück in die Diele. Auf dem Weg dorthin trat ich auf den Rechen, den ich am Tag zuvor achtlos in der Garage hatte liegen lassen. Mit voller Wucht knallte der Stiel an meine Stirn. Ich biss meine Zähne zusammen, denn ich durfte ja keinen Laut von mir geben. Mit äußerster Vorsicht, den Hammer fest umklammernd, stieg ich wie auf Samtpfoten und mit dem Rücken an der Wand in den Keller hinunter. Ein Wirrwarr von Strategien durchkreuzten meine Gedanken bis ich zu mir sagte: „Ich werde das Licht des Heizraums blitzschnell einschalten. Der Eindringling wird sich zu Tode erschrecken und so schlage ich ihn in die Flucht." Ich schaltete das Licht an. Die einhundert Watt Birne tauchte die Hälfte des Nebenraums, aus dem der Lärm kam, in grelles Licht.

Ich ging in Stellung, bereit zu einem harten Kampf. Ich hob den Hammer... Stille. Nichts bewegte sich.

Tum-tum, hörte ich wieder. Ich stand im Heizungsraum wie angewurzelt und wartete.

„Wer ist da?", schrie ich... Stille...

„Wer ist da?"

Mit dem Mut der Verzweiflung stürmte ich in den Nebenraum. Er war leer. Wie von einer unsichtbaren Hand bewegt, schlug der Fensterflügel hin und her – Tum... tum... tum... tum...

Die Mulattin

Alle Welt ist voll des Lobes, habe ich gehört, über diesen neuen Flughafen, ein Labyrinth aus Stahl, Glas und Beton, das sich „Munich Airport" nennt. Ich arbeite hier. Mit der Zeit haben sich diese großen Hallen mit eleganten Mode-, Schmuck- und allerlei anderen Geschäften gefüllt. Viele von diesen Läden sind mit hübschen, jungen Frauen besetzt. Immer wenn ich zum Check-In-Schalter hetze, habe ich meine Augen natürlich überall. Manchmal lächle ich die Blondine in der Parfümerie an. An einem anderen Tag begrüße ich die Rothaarige im Juwelierladen.

Hier gibt es auch eine rassige Mulattin. Ich schaue sie an, ohne ein Wort zu sagen, und freue mich, sie zu sehen. Sie ist im Abflugbereich. Deshalb sind meine Lieblingsdienste die am Gate.

„Guten Tag, meine Damen und Herren. Ihr Flug 949 nach London ist jetzt am Gate B3 zum Einsteigen bereit. Bitte stellen Sie das Rauchen ein und halten Sie Ihre Board-Karte sowie Ihre Pässe bereit."

Während ich die Ansage beende, schaut mir wieder die Mulattin tief in die Augen.

Sie befindet sich gleich gegenüber Flugsteig B3, neben dem Duty Free-Laden. Es sind nur wenige Meter, aber ihr Blick scheint auf mein Gesicht fixiert zu sein. Überhaupt, jedes Mal, wenn ich die Halle B betrete, schaut sie mir in die Augen. Auch wenn ich um die Ecke schlendere. Sie trägt eine luftige, türkisfarbene Bluse, deren dezenter Ausschnitt trotzdem großzügig der Fantasie freien Lauf lässt. Ihre Haut erinnert an halb geröstete brasilianische Kaffeebohnen, eine Mischung zwischen grünen Oliven und braunen Kastanien, an einen heiß getrunkenen Cappuccino oder sogar an Schokolade. Ihre Haare, wie soll es anders sein, sind dicht gekraust und genauso schwarz wie ihre Augen. Ihre Lippen sind wie eine Einladung zum Eis schlecken. Sie öffnet sie nur so weit, dass man gerade noch ihre schneeweißen Zähne bewundern kann. Ein winzig kleines Schönheitspflästerchen, links an der unteren Lippe, setzt an ihrem Gemälde den letzten Pinselstrich. Sie steht da, bewegt sich nicht von ihrem Platz. Sie benimmt sich artig, aber gleichzeitig ist sie gefährlich verlockend. Jedes Mal, wenn ich sie anstarre, lächelt sie mich an.

Man merkt nicht, dass sie lächelt. Sie bleibt wie Mona Lisa: geheimnisvoll.

Aber... sie lächelt auch alle an ihr vorbei hastenden Passagiere an! Ich werde unruhig. Ich gestehe, dass ich eifersüchtig bin, wenn ich glaube, dass die Passagiere sie begehrlich anschauen und wie sie diese Blicke einladend erwidert. Trotzdem habe ich mich hoffnungslos in sie verliebt. Am liebsten würde ich zu ihr rennen und sie mit einer großen weißen Tapete bedecken, um sie vor den Blicken meiner Geschlechtsgenossen zu verstecken.

Ein Mann, der neben ihr steht, kann vielleicht Nebenbuhler von ihr fernhalten. Er ist sicherlich der Geschäftsführer oder ein guter Freund. So will ich es mir einreden. Um sie so oft wie möglich zu sehen, versuche ich den Check-in mit dem Flugsteig-Dienst von anderen Kollegen zu tauschen. Aber es ist zum Verzweifeln. Jedes Mal, wenn ich an ihr vorbei gehe, kann ich kein Wort mit ihr wechseln. Ich kann sie nicht mal fragen, ob sie bereit wäre, mit mir zum Abendessen auszugehen. Ich muss erkennen: das ist ein sinnloses Unterfangen und da führt kein Weg

81

hin. Es sei denn... es sei denn sie würde heraushüpfen.
Sie kann nicht.
Sie ist nur ein „Langnese-Eis-Plakat".

Bayrisch auf Italienisch
(Über Integration)

Wenn jemand mir vor vielen Jahren prophezeit hätte, ich würde heute in Bayern leben, dann hätte ich ihn für verrückt erklärt. Wie hätte es denn auch dazu kommen sollen? Ich lebte eingehüllt in die sommerliche Hitze des Südens und des dolce far niente, la dolce vita. Ich genoss die warmen Abende am Strand, einen Campari in der Hand und fixierte den Venusstern. Für viele Jahre bis... tja, bis ich einer blonden Frau begegnete, in München. Seitdem hat die Erde viele Jahre die Sonne umrundet. Emigrant? Nein. Ich kam und fühlte mich nicht als Emigrant, obwohl ich in der Tat einer war. Gewiss, am Anfang, ja, wissen Sie, mit dem Bayrischen, da tat ich mich schwer. Die Verständigung mit der Mutter meiner blonden Freundin, aus dem Bayrischen Wald, wollte nicht so recht ganz klappen, trotz meiner Deutschkenntnisse. Nicht anders erging es mir, als ich eine Stelle am Flughafen München antrat, bei einer Fluggesellschaft in der Frachtabteilung. Ich hatte Glück, nach nur 23 Tagen. Es war Oktober 1970.

83

Das Telefon auf meinem Schreibtisch klingelt. Zögernd hebe ich den Hörer ab. Es ist das erste Mal, dass ich ans Telefon gehe, nach der Schulung in London.

„Gruß Gott", ertönt eine männliche Stimme, „i hät' gern a Buchung gmocht."

Die Begrüßung am Telefon klingt in meinen Ohren wie „cruscotto". Cruscotto bedeutet im Italienischen „Handschuhfach". Oh Dio, was in aller Welt will er mit dem cruscotto machen, denke ich, und vergesse augenblicklich, dass ich in Deutschland und nicht in Italien bin. Ich bin für einen Augenblick total verwirrt.

„Sans Sie no dro, ko i endlich di Buchung macher", poltert erneut die Stimme los, da ich keine Silbe von mir gebe. Ich verstehe diese Sprache nicht. Panik ergreift mich. Ich sitze in der Falle. Ich muss diese Lähmung irgendwie überwinden und schnell etwas unternehmen.

„Einen Moment, einen Moment, ich gebe Ihnen meinen Kollegen", sage ich schüchtern und reiche den Hörer an den Kollegen weiter. Ich seufze erleichtert. Der Kollege wirft mir einen fragenden Blick zu, nachdem er den Hörer aufgelegt hat.

Mir wird es natürlich mulmig. „Denke nicht, ich wollte mich drücken. Aber ich habe den Herrn am Telefon nicht verstanden. Sein Dialekt ist mir nicht vertraut", erkläre ich ihm.

„Dann solltest du Bayrisch lernen", sagt er vorwurfsvoll.

„Ich, Bayrisch? Wie soll das gehen, ich kann noch nicht einmal Deutsch und soll Bayrisch lernen?"

„Wenn du in Bayern lebst, solltest du mindestens Bayrisch verstehen. Niemand verlangt von dir, dass du bayrisch ratschst!"

„Ratschst? Was bedeutet das?"

„Reden, bedeutet es, reden, auf Bayrisch."

„Aha, aha! Ich brauche also nicht zu ratschen, sondern nur hören und verstehen."

„Genau, hoacha musst du und verstehen."

„Eh, was ist denn das für ein neues Wort, hoacha?"

„Hoacha bedeutet auf Bayrisch hören!"

Ahhh, jetzt, endlich leuchtet es mir ein. Dieses Wort, und natürlich auch andere mir unbekannte Ausdrücke, hatte die Mutter meiner blonden Freundin in unserer ersten Unterhaltung gesagt. Ich hörte es und verstand nur Bahnhof und Brötchen. Kein Wunder, dass es mit der Verständigung nicht klappte.

Und glauben Sie, ich hätte versucht, herauszufinden, was dieses Wort und all die anderen bedeuteten? Niente! Ich traute mich einfach nicht.

Aber, ich weiß jetzt, ich muss über meinen eigenen Schatten springen, denn ich bin in Bayern, in Deutschland. Da ich geplant habe, für längere Zeit hier zu leben, ist es also unumgänglich, dass ich meine Deutsch-Kenntnisse vertiefe und mich mit dem bayrischen Dialekt vertraut mache.

Ich nehme für ein paar Tage Abstand vom Telefon, und wenn es nicht anders geht, händige ich den Hörer meinem Kollegen aus. Meine Kollegen haben Verständnis für mich, aber ich darf ihre Geduld nicht überstrapazieren. Also fasse ich Mut. Mein Telefon klingelt. Der Spediteur hört meine Stimme und sagt sofort in schönstem Hochdeutsch: „Geben Sie mir Ihren Kollegen, bitte."

„Nein, nein, ratschen Sie mit mir", sage ich prompt.

Der Spediteur bricht in Lachen aus. „Nein, ich will nicht ratschen, sondern a Buchung macher."

Jetzt gibt es kein Zurück mehr. Ich spüre, wie meine Hände feucht werden. Ich gebe mir alle Mühe, ihn zu verstehen und er hilft mir nach Kräften. Die Unterhaltung und seine Buchungswünsche verlaufen wie in einem farbigen Sprachkarussell, mal in Hochdeutsch, mal in Bayrisch. Geschafft! Meine erste Buchung ist erfolgreich getätigt. Ich lege den Hörer auf. Aber ich darf mich nicht zu früh freuen. Bayrisch ist nicht so einfach. Denn es ergeben sich immer wieder Missverständnisse, lustige, aber auch manchmal brenzlige.

Ich bildete mir ein, ich würde Bayrisch schnell lernen, wenn ich es auch sprechen würde. So bemühte ich mich immer wieder mit meinen Kollegen, mit den Kunden und in den Geschäften in Bayrisch zu reden. Sie können sich vorstellen, was für Gelächter ausbrach. Dieses war aber nicht spöttisch gemeint. Im Gegenteil, man sagte mir, wie das Wort ausgesprochen werden musste, ich bekam freundliche Klapse auf die Schulter als Zeichen der Ermunterung, damit ich nicht den Mut und die Ausdauer verliere.

Sogar mein Abteilungsleiter versuchte mir beizubringen, wie man auf Bayrisch ‚Eichhörnchenschwanz' sagt. Es war für mich schlimmer als ein Zungenbrecher. Aber nicht nur er und die anderen Kollegen, sondern auch ich lachte herzhaft, als ich wagte, es auszusprechen.

Es entstand langsam ein freundliches Arbeitsklima. Ich fühlte mich wohl. Die ersten Anzeichen von Heimweh, die sich in mich einzuschleichen begangen, schwächten sich allmählich ab. Aber Bayrisch verstehen habe ich durch die vielen Fahrten in den Bayrischen Wald gelernt. Ich wurde von der Familie meiner blonden Freundin, meiner jetzigen Frau, warmherzig aufgenommen. Ich glaube, ich konnte mich dadurch besser in die deutsche Gesellschaft integrieren. Es war und musste aber keine Einbahnstraße sein. Ich musste auch meinen Willen in die Waagschale werfen.

Sie haben sicherlich schon vermutet, mein gesprochenes und natürlich schriftliches Bayrisch muss noch geübt werden.

Ich schaffe immer noch nicht „Oachkatzlschwoaf" richtig auszusprechen. Deshalb lasse ich lieber das „Ratschen" den Bayern, um mich besser auf das „Hoacha" zu konzentrieren.

In letzter Minute

Urlaub in Florida. Auf diesen Tag haben meine Frau, meine zwei kleine Töchter und ich sehnsüchtig gewartet. Unser Reiseziel, mit Zwischenstopp in London, ist Miami. Meine Kinder warten ungeduldig in der Schlange an der Passkontrolle. Wir mussten schon am Check-in Schalter unverhältnismäßig lange auf unsere Bord-Karten warten.

Ich kann sehen, wie sie sich freuen, als sie ihre Dokumente dem Beamten zeigen und er sie durchwinkt. Er wirft nur einen kurzen Blick auf ihren Pass, dann ist auch meine Frau durch. Ich händige meinen aus und glaube, ich kann genau so rasch durch die Passkontrolle gehen. Ich sehe aber, wie der Beamte meinen Reisepass auf sein Prüfgerät legt. Dann nimmt er ihn in die Hand und schaut mir flüchtig ins Gesicht. Er legt meinen Reisepass erneut auf das Prüfgerät. Er wartet. Was ist denn jetzt los, denke ich und fange an, nervös zu werden, denn unser Flug nach London wird bald aufgerufen.

Der Beamte schaut mich wieder an. Unvermittelt steht er auf und mit meinem Reisepass in der Hand bittet er mich, ihm zu folgen. Meine kleinen Töchter haben die Szene verfolgt und fangen an zu weinen. Sie glauben wohl, ich werde jetzt verhaftet. Meine Frau versucht, sie zu beruhigen.

„Entschuldigen Sie bitte", sage ich dem Beamten, während ich ihm folge. „Stimmt etwas nicht?"

„Nein, aber ich muss Ihren Reisepass noch mal überprüfen lassen, wir haben nichts über Sie, warten Sie hier vor der Tür." Und mit diesen Worten verschwindet er mit meinem Reisepass in sein Büro. Kurze Zeit später erscheint er wieder, ohne meinen Reisepass und ohne ein Wort zu sagen und stellt sich neben mich.

„Wann kann ich meinen Reisepass haben, der Flug nach London wird bald aufgerufen?", frage ich ihn fast unterwürfig.

„Bald, ich habe ihn meinem Vorgesetzten gegeben, Sie müssen sich noch etwas gedulden."

„Aber mein Flug nach London wird gleich aufgerufen", protestiere ich. „Wo liegt das Problem?"

„Wir haben keine Daten über Sie! Wir müssen Nachforschungen anstellen, das dauert eben etwas", teilt er mir trocken mit.

„Wie! Sie haben keine Daten über mich!? Müssen Sie welche haben?"
Der Beamte schweigt. Unerträgliche Sekunden vergehen. Dann plötzlich eine Frauenstimme: „Was machen sie da mit dir?"
Ich drehe mich um. Es ist meine Kollegin, die vermutlich gerade von ihrem Gate-Dienst auf dem Weg zurück ins Büro ist. Sie starrt mich mit fragenden Augen an.
„Hallo Gisela", begrüße ich sie und fahre fort: „Er hat mir meinen Reisepass abgenommen."
Mit ‚er' deute ich auf ihn, den Zollbeamten, der sich nicht von meiner Seite weg bewegt. Er hat sich neben mir positioniert, wie ein Wachhund.
„Warum?", fragt sie mich.
„Ich weiß es nicht", erwidere ich. „Er hat einfach meinen Reisepass einbehalten und an seinen Vorgesetzten übergeben."
„Was machen Sie da mit meinem Kollegen? Ich kenne ihn. Er arbeitet bei uns, hier am Flughafen", sagt sie ihm.

Der Beamte schweigt beharrlich weiter, als ob ihn die Bemerkung meiner Kollegin nichts anginge. Sie schüttelt verständnislos den Kopf. Sie verabschiedet sich, denn sie muss weiter. Ich höre irgendeine Ansage durch die Lautsprecher, aber ich nehme sie nicht richtig wahr, bis ich merke, dass meine Familie unruhig wird. Meine Töchter klammern sich an die Mutter und sind wieder dem Weinen nah. Der Flug nach London war gerade eben aufgerufen worden.

Langsam verwandelt sich meine Hilflosigkeit in Wut. Ich habe das Gefühl, als ob ich meiner Freiheit beraubt werde. Im Sekunden-Takt rasen mir Fragen durch den Kopf. Was wollen die von mir? Warum halten sie meinen Reisepass zurück, obwohl sie *nichts* über mich haben? Ich bin doch ein unbescholtener Bürger! Ich suche in meinen dunkelsten Gehirnwindungen, ob ich irgendwann, irgendwo, irgendwelche Strafhandlungen begangen haben könnte. Mehr als ein paar Strafzetteln wegen Falschparkens fallen mir nicht ein und die sind alle bezahlt. Ich fühle mich wie ausgeliefert.

Wilde Fantasien versetzen mich in Panik. Ich bin schließlich Ausländer! Der kleinste Ausrutscher und ich werde des Landes verwiesen. Unsinn!, sage ich mir. Doch die Ungewissheit lässt meine Gedanken weiter galoppieren. Ich fange an zu glauben, ich werde durch eine Art Fleischwolf gedreht. Daten über mich werden zusammen gescharrt, werden in einer finsteren Computerdatei verwurstet. Gleich kommt noch ein Beamter um die Ecke und verlangt eine Speichelprobe, um meine DNA festzustellen. Die wird auf einen Computerchip übertragen, der in meinem Reisepass eingeschweißt wird. Meine Fantasie brennt jetzt lichterloh. Ein Horrorszenario steigt vor meinen Augen empor. Alle meine Körperteile werden gebündelt, tief gefroren, in Einzelteile zerlegt, gemessen und das Resultat im Reisepass eingetragen. Ich fühle mich entblößt. Ich stehe nackt vor allen Leuten und bin gleichzeitig eingeschnürt wie in einen Kokon, in das Paragraphennetz des sogenannten öffentlichen Sicherheitsbedürfnisses. Ich bin nicht mehr ich, ich bin mein Reisepass geworden. Die Zeit steht still.

Ich sehe, wie die anderen Passagiere vorrücken, ihre Bord-Karten abgeben und durch den Finger-Gate in die Maschine einsteigen. Mannaggia!, denke ich, jetzt verpassen wir auch noch den Flug!

Ich atme erleichtert auf, als ich endlich den Vorgesetzten aus seinem Büro auf mich zukommen sehe. Er übergibt mir meinen Reisepass. „Es ist alles in Ordnung."

Während wir zum Gate hetzen, ertönt aus allen Lautsprechern: „Letzter Aufruf für Familie Neri! Last call for Family Neri! Please proceed immediately to Gate three."

Wir sind die letzten, die einsteigen. Geschafft! Das Flugzeug hebt von der Startbahn ab.

Der Bettnachbar

Die Krankenschwester führte ihn mit sicherer Hand und doch behutsam in sein Zimmer. Trotzdem schwankte er wie ein Pendel leicht hin und her, seine Füße betasteten den Boden, er hatte kein Raumgefühl mehr. Vorsichtig setzte er einen Fuß vor den anderen über den langen Gang. Die Angst, sich wieder zu verletzen, war stärker als die Anordnung des Arztes. Für einen Augenblick die Augen einmal öffnen, einen Augenblick, dachte er, und musste über diesen Doppelsinn lächeln. Unter großen Schmerzen versuchte er seine Lider zu öffnen, aber es gab nur milchige Konturen vor ihm in waberndem, grauem Nebel.

Stimmen wisperten.
„Der Unfall muss ziemlich ungewöhnlich gewesen sein", hörte er jemanden sagen, als er auf dem Operationstisch lag. Das Wispern schien aus den Tiefen seines Gehirns zu kommen, wie ein Echo, das aus einem leeren Tal hallt.
Das Flüstern hörte nicht auf.
„Die Augenlider werden…"

„Ja, ja, die werden schon heilen, nur ein paar kleine Hautnarben werden übrig bleiben, aber seine Augen, das wird schwer werden."

Mehrere Lichtstrahlen trafen für Sekundenbruchteile seine Pupillen, er spürte aber keinen Schmerz. Was er jedoch spürte, war die panische Angst, sein Augenlicht für immer verloren zu haben. Blind zu sein, blind zu sein, blind...

Als er aus der Narkose aufwachte und nach einer Ruhepause seine Füße vorsichtig auf den Boden setzte, kamen diese furchtbaren Gedanken sofort zurück. War er jetzt ein Blinder?

„Wir sind da", sagte die Schwester liebevoll. „Sie müssen sich jetzt ausruhen, legen Sie sich hier auf das Bett. Sie liegen gleich an der Tür und Sie sind auch nicht allein im Zimmer. Herr Weber ist Ihr Bettnachbar. Er wird Ihnen sicher Gesellschaft leisten. Sein Bett steht am Fenster."

Er legte sich erschöpft auf die Matratze. Seine Angst lähmte ihn weiterhin, er konnte und er wollte mit niemandem sprechen. Albträume plagten ihn die ganze Nacht hindurch.

„Guten Morgen, Herr Lehnert!", begrüßte ihn die Stationsschwester und half ihm auf die Bettkante. „Hier, ein leckeres Frühstück! Darin sind alle Nährstoffe, die Sie brauchen." Sie führte seine Hand zu dem Tablett.

„Also, Sie heißen Lehnert", überraschte ihn eine Stimme. Es war die Stimme seines Bettnachbarn.

„Ja, Robert Lehnert", stellte er sich vor und streckte die Hand in die Richtung, aus der die Stimme gekommen war. Er erwartete einen Händedruck, aber als dieser nicht kam, zog er seine Hand zurück. Er liegt sicher noch im Bett, vermutete er.

„Und Sie?"

„Ich heiße Weber, Klaus Weber."

Dem Klang der Stimme nach muss er ein älterer Mann sein, wähnte Robert.

„Sagen Sie mal, wie ist das Wetter da draußen?", fragte er nach einer Pause.

„Es ist ein strahlender Tag, blauer Himmel. Wie im Bilderbuch", antwortete Klaus prompt.

„Sagen Sie, warum wollen Sie das eigentlich wissen, Sie sehen doch nichts?"

„Einfach so, aus Neugier."

„Wollen Sie mir erzählen, wie es passiert ist? Die Schwester sagte, außer am Kopf hätten Sie keine weiteren Verletzungen erlitten."

„Eine Unachtsamkeit, das war es. Ein kleines Stolpern und ich bin mit voller Wucht durch eine Glastüre gestürzt. Ich hatte beide Hände in der Tasche und konnte mein Gesicht so schnell nicht mehr nicht schützen. Und jetzt, jetzt werde ich vermutlich für immer blind bleiben."

„Na, na, nicht so schnell. Lassen Sie sich nicht unterkriegen, es geschehen Wunderheilungen heutzutage. Sie ahnen gar nicht, was alles möglich ist, bei Fällen wie dem Ihren", versuchte Klaus ihn zu beruhigen. Robert lehnte sich zurück auf das Kissen. Wenn das bloß wahr wäre, dachte er. Im Zimmer herrschte jetzt Stille, bis Klaus diese brach. „Haben Sie Familie, Kinder?"

„Nein, ich bin, wie man sagt, Single. Meine Eltern wohnen im Ausland. So schnell können sie mich nicht besuchen."

„Freundin?"

„Hatte ich eine, aber das ist lange her, und jetzt das...", sagte er und zeigte auf seine bandagierten Augen.

„Wenn ich blind bleibe, ist mein Leben nichts mehr wert." Der Tonfall in seiner Stimme ließ keinen Zweifel daran, wie deprimiert er war. „Und wie sieht es bei Ihnen aus, Herr Weber?" Mühsam versuchte Robert, auch an dem anderen Interesse zu zeigen.

„Ich bin auch alleine, in meinem Alter ist das durchaus normal, wenn man Einzelkind ist und keine Nachkommen hat. Ich habe alle meine Freunde überlebt. Aber ich kann mich über mein Leben nicht beschweren. Die kleine Magengeschichte jetzt, kaum der Rede wert. Nein, mein Leben war, wenn ich ehrlich bin, mehr von glücklichen als von traurigen Momenten geprägt. Man muss es eben nur richtig anpacken, egal, in welcher Lage man sich befindet. Immer nach vorne schauen. Das ist meine Meinung und bleibt ganz einfach mein Credo."

Wieder lag Stille im Raum. Das Eis zwischen ihnen war getaut und in den zäh dahin fließenden Stunden, in denen sie zur Untätigkeit verdammt in ihren Betten lagen, erzählten sie sich ihr Leben.

Bald fingen Klaus und Robert an, Sympathie füreinander zu empfinden. Freundschaft bahnte sich an, sie duzten sich. Es war wie ein Versprechen: nach dem Krankenhaus würden sie sich oft treffen.

„Klaus, wie ist der Tag heute?", fragte Robert.
„Die Sonne scheint, es ist angenehm warm. Alles spricht dafür, der Frühling kündigt sich an. Unten sprießen schon aus den Beeten die ersten Blumen. Die Knospen entfalten sich und ich kann schon die ersten zarten, kleinen Blätter an den Ästen sehen. Die Spatzen tschilpen, und da hinten dreht eine Taube ihre Kreise für ein geeignetes Nest."
Es war, als ob Robert alles mit seinen eigenen Augen sehen würde, so anschaulich beschrieb Klaus die Welt draußen für ihn. Seine Augen waren die Roberts geworden. Es wurde für die beiden zum Ritual: jeden Morgen schilderte Klaus, wie die Natur sich verwandelte. Er malte die Pflanzen aus mit ihrem Rot, ihrem Grün, den gelben und violetten Tönen und dem leuchtenden Weiß. Und das Bild, das vor Roberts innerem Auge entstand, verfehlte seine Wirkung nicht.

Von Tag zu Tag legte sich seine Niedergeschlagenheit ein wenig, seine melancholischen Phasen, in denen Niedergeschlagenheit und Hoffnungslosigkeit ihn übermannten, wurden seltener und kaum merklich schlich sich wieder so etwas wie Freude am Leben in ihn. Schon beim Einschlafen freute er sich auf die morgendlichen Erzählungen seines Bettnachbarn, die ihn mit so viel Zuversicht erfüllten.

„Guten Morgen, Herr Lehnert!", begrüßte ihn die Krankenschwester mit freudiger Stimme. „Morgen ist der große Tag. Die Bandagen kommen weg!"
Robert spürte einen Schlag ins Herz, die Ungewissheit würde ein Ende haben.
Am nächsten Tag wurde Robert früh morgens abgeholt.
„Ich werde in Gedanken bei Dir sein", verabschiedete sich Klaus, während Robert aus dem Zimmer geführt wurde. Eine Ewigkeit. Der lange Gang, der Personenaufzug, der ihn vom obersten in den untersten Stock brachte.

Das Platznehmen auf dem Untersuchungsstuhl. Das Warten auf den Professor. Endlich!

„Gut, jetzt machen Sie die Augenlider ganz langsam auf", bittet ihn der Arzt.

Robert zögert noch. Dann gehen seine Augenlider im Zeitlupentempo hoch.

Es ist Mittag geworden. Robert schreitet den Gang entlang. Obwohl er jetzt sehen kann, begleitet ihn die Krankenschwester in sein Zimmer. An der Türschwelle sieht er, dass das Bett am Fenster neu bezogen ist. Von Klaus keine Spur.

„Wo ist Herr Weber?", fragt er die Schwester.

„Er ist heute Vormittag gestorben. Der Krebs hat ihn endlich besiegt", antwortet sie nach einem zögerlichen Moment der Verlegenheit.

Robert muss sich auf die Bettkante setzen. Dann steht er auf und geht zum Fenster. Ein trostloser, grauer Hof, nicht größer als eine Gartenecke, eingekesselt von vier hohen Wänden, der nicht einen einzigen Sonnenstrahl aufnehmen kann. Keine einzige Blume, geschweige denn Bäume.

„Schwester!", schreit er.

„Ja, bitte?"

„Klaus… Herr Weber erzählte mir von Blumen und Bäumen. Von Spatzen und Tauben. Von warmen Sonnenstrahlen, von grünen Wiesen und Hügeln."

„Seltsam, wie er alles das beschreiben konnte. Der arme Mann war seit über vierzig Jahren hoffnungslos blind."

Eine ungewöhnliche Kur

Während eine dicke Wolke die Mittagssonne verdunkelt, hält ein klappriges Gefährt an der Haupteingangstür. Ich picke gerade die letzten Krümel des Mittagessens auf und beobachte, wie zehn schlanke, eher magersüchtige männliche Wesen aus dem Wagen aussteigen. Sie sind aber fein säuberlich herausgeputzt. Man könnte sagen, sie glänzen fast, da ihre auf der Haut klebende Kleidung farbenfröhlich leuchtet. Aber nur einer zieht meine Aufmerksamkeit auf sich. Er stakst stolz mit erhobenem Haupt aus dem Vehikel. Aha, ein Macho!, ist mein erster Gedanke. Überhaupt, was suchen diese Wesen hier, in dieser Anstalt. Sie erwecken gar nicht den Eindruck, abgesehen von ihrer dürren Erscheinung, als ob sie irgendwelche psychosomatische Hilfe bräuchten. Hier, in dieser Anstalt, die von hohen Drahtgittern umzäunt ist, wegen der Sicherheit, versteht sich. In dieser Anstalt, wo die Unterkünfte nicht gerade fürstlich sind. Allerdings, muss ich gestehen, ist der Speiseraum sehr geräumig, hell, ausgesprochen freundlich mit luftigen, hohen Fenstern.

Die Düfte von Jasmin, Lavendel, Königsrosen, Schmetterlingsstrauch und noch vielen anderen Arten von Blumen und Kräutern können dadurch ungehindert hereinströmen. So schmeckt das Essen besser. Ich sage ein leises „Hallo", als er gerade an mir vorbei geht, denn man muss den Speiseraum durchqueren, um zur Rezeption zu gelangen.

Keine Antwort. Aha, auch noch überheblich, ist mein zweiter Gedanke. Aber, man muss es ihm lassen: er überragt in Höhe und Größe die anderen neun, so majestätisch wie er voranschreitet, dass sie ihm gehorsam folgen und sich am Empfang einfinden.

Nach den Formalitäten werden sie in ihre Quartiere eingewiesen. Abendessen ist um 18.00 Uhr. In dieser Anstalt hat der Koch wohl wenig Fantasie, darüber ärgere ich mich jedes Mal, denn die Mahlzeiten sind etwas eintönig, stellt man fest, wenn man hier eine gewisse Zeit verbracht hat. Trotzdem sind sie sehr nahrhaft. Man muss höllisch aufpassen, sonst nimmt man zu wie eine Weihnachtsgans.

„Ist das Essen immer so?", fragt er mich mit krächzender Stimme. Ich bin überrascht und gleichzeitig amüsiert. Oho! Der gnädige Herr erweist mir die Ehre, mich anzusprechen.

„Nein, nicht immer das gleiche, aber abwechslungsreich ist das Essen leider auch nicht", sage ich ihm. „Jedoch nahrhaft", füge ich sofort hinzu, um ihn zu warnen. „Pass auf, dass du nicht zu viel isst, sonst nimmst du zu schnell zu und dann gibt es keine Kur-Verlängerung."
Er mustert mich indigniert vom Kopf bis zu den Extremitäten. „Ich verstehe."
„Wir alle hier duzen uns, die Neuankömmlinge ebenfalls", erkläre ich ihm.
„Auch mit den weiblichen Wesen?", fragt er hoffnungsvoll. Ich kann ihn schon leibhaftig vor mir sehen, wie er sich aufplustert, wie er balzt und sich mit verdrehten Augen auf diese weiblichen Wesen stürzt. Feurig, mit stolzgeschwellter Brust: seht her, meine Schönen, was für ein Prachtkerl ich bin.
„Wieso bist du hier?"
„Mein Arbeitgeber hat es so entschieden. Du weißt, der Stress. In unserem Großbetrieb geht es viel rauf und runter. Man muss immer viele Stunden ableisten. Der Chef hat Verständnis. Er schickt uns in Kur. Es ist auch zu seinem Vorteil. Wir werden dann zufriedener, produktiver und natürlich wertvoller."

Und fügt eitel hinzu: „Die Kolleginnen, die lassen mich überhaupt nie in Ruhe. Mein Problem ist, dass ich labil bin und von einem Tag auf den anderen mich in die Eine oder in die Andere oder eine Dritte verliebe und danach bin ich erschöpft."

So ein Angeber, jetzt will er mich auch noch verarschen. Ich mag ein Spatzenhirn haben, aber dumm bin ich nicht.

„Also hat unser Arbeitgeber mich und noch neun Kollegen in Kur geschickt und stell dir vor, auf seine Kosten. Hier sollen wir uns regenerieren. Unseren Stress abbauen. Diese Ortschaft ist auch ein Luftkurort, sie ist in sanfte Hügel eingebettet. Und diese reine Luft, ohne Stadt oder Stallgeruch, wird uns gut tun."

Während er diese Erklärung abgibt, fixiert er mit gierigen Augen andauernd eine Dame, die gerade ihre Mahlzeit verspeist.

Jetzt geht es los, fürchte ich.

In der Tat. „Wir sehen uns später", sagt er hastig und bevor er sich von mir entfernt: „Siehst du die Dame da drüben? Ihre Box liegt direkt neben meiner. Wir haben einen gemeinsamen Balkon. Aber eine hohe, dünne Mauer ist dazwischen. Das ist die Gelegenheit, mich an sie heranzumachen."

Er nähert sich der Dame und versucht, sie anzubaggern.

Was für ein Affront. Die Dame zeigt ihm die kalte Schulter! Alle seine Versuche, ihre Aufmerksamkeit zu gewinnen sind umsonst. Noch schlimmer. Die Dame wendet sich von ihm ab und gluckst vor Lachen. So eine Schmach! Es gibt doch keinen Zweiten wie ihn. Nein, das wird er nicht hinnehmen, nicht auf sich sitzen lassen. Einer, dem die Frauen zu Füßen liegen, gibt nicht so schnell auf. Er kennt keine Entmutigung. Er hat sich immer wie der Hahn im Korb gefühlt. Und jetzt soll er kläglich das Feld räumen! Nein, nein. Die muss er herumkriegen! Die Szene geht mir aufs Gefieder und ich verziehe mich.

Zwei Monaten sind darüber vergangen. Seit geraumer Zeit sehe ich unseren Angeber tief deprimiert und lustlos im Hof herumhängen.

„Was ist denn dir passiert?", frage ich ihn.

„Meine Labilität hat mir wieder einen Streich gespielt. Ich habe mich unsterblich in Bianca verliebt…"

Also Bianca heißt sie, erfahre ich endlich, nach der Farbe ihres Kleides. „Und immer noch keinen Erfolg?"

„Nein, ich bin so verzweifelt! Das ist wirklich das erste Mal, dass ich mich so niedergeschlagen fühle. Sie will nichts von mir wissen. Sie will mit mir nicht sprechen, nicht mal durch die dünne Mauer auf dem Balkon.
Und hier, im Speiseraum gluckst sie mit allen herum, außer mit mir."
Er ist gedemütigt, der arme Kerl. Auch den Machos tut Liebe von Zeit zu Zeit weh, wenn sie nicht erwidert wird. Irgendwie habe ich Mitleid mit ihm. Er schleicht mit gesenktem Kopf davon. Ich lese die restlichen Krümel auf, an der Speisekarte hat sich nicht viel geändert, als plötzlich eine beträchtliche Unruhe entsteht. Alle rennen zu den Quartieren. Ich hinterher. Wir sehen, wie unser Held versucht, sich einen Strick um den Hals zu legen. Es gelingt ihm nicht, denn er hantiert ziemlich tollpatschig. Er versucht seinen Kopf durch die Schlinge zu stecken, aber in diesem Moment rutscht er weg von der Latte und knallt mit den Rücken auf den Boden.
Wir lassen ihn einfach dort liegen. Er wird sich schon wieder aufrappeln, denkt sich mancher.

Ein paar Tage später kommt Bianca mir entgegen und fragt: „Hast du meinen lästigen Verehrer gesehen?"

„Nein, schon seit drei Tagen nicht mehr", lautet meine Antwort. „Aber wieso fragst du? Du wolltest doch mit ihm nicht zu tun haben!"

„Ja, aber irgendwie tut er mir leid. Ich will mich von ihm verabschieden, bevor es zu spät ist, der arme Kerl!", seufzt sie mit Gefühl. „Ich habe gesehen, wie er und die anderen neun weggefahren geworden sind."

„Die müssen aber einen freundlichen Arbeitgeber haben, wenn er sie persönlich abholt", mischt sich jemand ein, der die Frage gehört hat.

Eigentlich habe ich gedacht, er würde eine Kurverlängerung bekommen. Aber vielleicht hat er meinen Rat nicht befolgt. Ihm muss das eintönige Essen doch zu gut geschmeckt haben.

Und jetzt hat er die Bescherung. Ich weiß nicht, wie lange ich hier noch bleiben werde. Ich habe meine Kurverlängerung bekommen, eine Galgenfrist, sozusagen. Ich bin noch zu mager.

Manchmal denke ich an ihn. Sein Arbeitgeber hat ihn und die anderen neun für ein großes Festbankett vorgesehen, habe ich munkeln hören. Ich bin mir sicher, er wird in Zukunft keinen Liebeskummer mehr haben, denn er dreht gerade am Spieß…

… er war ein gut gemästeter Gockel.

Eine Begegnung beim Döner Kebab
(sozial-kritisch)

Kalte Luftströme, die der Zug wie einen Zylinder vor sich her schiebt, drängen mich die Treppe hinauf ins Tageslicht, als ob zwei unsichtbare Hände mich am Rücken stoßen würden. Ich will schnell weg vom Ort des Geschehens.

Eine Prügelei. Die Panik, die Aufregung wollen mich trotzdem nicht verlassen, bis ich an die Oberfläche komme. Sie sind geflüchtet, alle vier, als jemand die Polizei rief.

Und ich habe nicht geholfen.

Ja, abgehauen sind sie wie die Hasen, als der Zug hielt und die Polizei in den Waggon stürmte. Vier schwarz gekleidete, kahl geschorene Typen. Sie hatten einen Mann angepöbelt und zu Boden geschlagen. Und ich habe nicht geholfen.

Ein Reklameband flattert vor meinen Augen und reißt mich aus der schrecklichen Szene in meinem Kopf. Döner Kebab heute nur ein Euro fünfzig. Ich stürze mich in das Lokal und lasse mich auf den nächsten Stuhl sinken. Mein Herz pumpt nicht mehr so heftig.

Die Düfte von gebackenen Auberginen, Tomaten und Stifado nebeln mich ein und bringen mich langsam zur Ruhe.

Drei Tische, drei Barhocker vor der Holztheke und ein Fernseher.

„Ein Döner Kebab bitte", sage ich an der Theke und hole ein Bier aus dem Kühlschrank.

Eine Weile fixieren meine Augen einen Zeitungsbericht.

Plötzlich ein Mann auf einem Barhocker. Sein Rücken ist gekrümmt, wie ein gespannter Bogen. Die grauen, fettigen Haare fallen über den Kragen. Sein Jackett ist zerknittert. Die Jackentasche hat einen Riss. Schuhcreme dürfte seine Schuhe seit langem nicht berührt haben. Er kommt mir bekannt vor. Sein Kopf pendelt langsam hin und her, als ob er ein Lied vor sich hin summte. Der Qualm seiner Zigarette hüllt sein Gesicht ein. Besoffen? Ich mustere ihn mit Falkenaugen. Ist er es wirklich?

Doch der Überfallene aus der U-Bahn! Ein Penner!

Einen Bogen, ja einen Bogen mache ich um sie, diese barboni, Clochards, Stadtstreicher, Lebensversager.

Mir ist immer mulmig zumute, wenn ich diesen Typen auf der Straße begegne und befürchten muss, dass sie mich anmachen.

„Noch so ein Asozialer, ein Schmarotzer der Gesellschaft", denke ich.

Ich wende meinen Blick von dem verlotterten Mann ab und genieße mein Döner Kebab. Unvermittelt spricht der Mann eine junge Farbige an, die mit zwei Männern an einem der Tische sitzt. Er spricht zuerst in Englisch. Dann fragt er sie, ob er in Deutsch reden soll, damit sie ihn besser verstehen kann. Seine Stimme ist wie Blei. Um sich Mut zu machen, bestellt er noch ein Bier. Ab und zu wirft er einen Blick in meine Richtung. Ich bin verärgert und gleichzeitig überrascht von seinem guten Englisch.

„Lass die Leute in Ruhe", ruft der Wirt rüber. Der Ton des Wirts irritiert mich. Die jungen Leute schmunzeln, kichern und machen sich über ihn lustig.

Der alte Mann quasselt aber unverdrossen weiter. Immer wieder wirft er mir Blicke zu. Ich zucke jedes Mal innerlich zusammen. Die einseitige Unterhaltung zwischen dem Alten und den jungen Leuten gerät ins Stocken. Lähmende Stille.

115

Er nimmt sein Glas in die Hand und steigt langsam vom Barhocker herunter.

Er wird hoffentlich nicht zu mir kommen, denke ich und möchte am liebsten aufstehen und aus dem Lokal verschwinden.

„Darf ich mich zu Ihnen setzten", fragt er mich höflich.

Seine Hände sind sehr gepflegt. Auf einmal sehe ich, dass er ein blaues Auge hat.

Ich bejahe und, um meine Verlegenheit zu überwinden, überfahre ich ihn gleich mit der Frage: „Woher können Sie so gut Englisch?"

„Ich bin Ire. Aus Dublin. Mein Name ist Nicolas, Nicolas McGuiness. Ich bin Musiker", antwortet er ruhig.

McGuiness, McGuiness, den Name kenne ich. Ah, ja, ist es nicht das berühmte irische Bier?

Damals, auf dem Colchester College in England fand ich dieses Bier scheußlich bitter und gab Zucker dazu, um es zu versüßen. Alle Schulkameraden lachten mich aus. Das Bier schäumte fast vollständig auf die Tischdecke. Ich bin unschlüssig. Soll ich ihm glauben, dass er Ire ist? Will er sich wichtig machen? Er betastet vorsichtig sein Auge.

„Was ist mit Ihrem Auge passiert?"

„Vier Jugendliche sind auf mich losgegangen, haben mich geschlagen. Sie sind geflüchtet, als der Zug hielt und die Polizei in den Waggon stürmte."

Ich schweige lieber. „Musiker?", frage ich ihn. Auf einmal spricht er klar und deutlich. „Ja. Ich bin Musiker. Spiele Saxophon. Aber nicht mehr aktiv. Ich habe mit der Band Ronnie Drew gespielt. Wir haben in ganz England Konzerte gegeben. Ich habe viel Geld damit verdient. Kennen Sie die Band nicht?"

„Nein", antworte ich lapidar.

„Ich habe ein Haus in Dublin. Gerade gestern bin ich zurückgeflogen. Ich war bei meiner Tochter. Ich besuche sie sehr oft."

Ich gebe mir Mühe, ihm Glauben zu schenken. Ein Lügner? Aber wenn es wahr ist? Warum ist er dann so heruntergekommen, frage ich mich.

„Wieso sind Sie in Berlin", ist meine nächste Frage.

„Meine Frau arbeitet beim französischen Konsulat."

„Beim französischen Konsulat?"

„Ja. Sie ist Französin. Aus Paris. Sie ist nach Berlin versetzt worden."

„Verstehe", murmele ich. Mitleid steigt in mir auf.

„Ich bin vor zehn Jahren nach Deutschland gezogen, wissen Sie, wegen des Jobs meiner Frau. Das Saxofon habe ich seit dieser Zeit begraben. Wenn meine Mutter das wüsste. Die Liebe zur Musik, ja die Liebe zur Musik, die habe ich von ihr."

„Hat Ihre Mutter Musik studiert?", frage ich ihn.

„Ja, in Mailand, im Konservatorium. Sie war Italienerin."

Was Mailand?! Auch meine Tante hat in Mailand Musik studiert, weiß ich von meiner Mutter.

„Wie ist der Name Ihrer Mutter?"

„Caetti, Caetti Rosa."

Nein! Das ist unmöglich! Das ist sicherlich ein Namenszufall. Ich habe nie die Verwandtschaft meiner Mutter gekannt, auch deren Vornamen nicht. Aber der Nachname war Caetti. Ich sitze doch wohl nicht meinem Cousin gegenüber? Keine Möglichkeit, weitere Fragen zu stellen, nachzuforschen. Er lässt mich in dieser Ungewissheit stehen.

Abrupt verabschiedet er sich. Aber bevor er das Lokal verlässt, legt er eine Visitenkarte auf den Tisch.

Es ist spät geworden. Ich muss rennen. Ich steige in den Flughafenbus. Plötzlich packt mich die Neugier. Ich möchte mehr über ihn wissen und stecke die Visitenkarte in die Jackentasche.

Die blonde Frau

„Endlich!", jubelte Gianfranco, als wir in der Victoria Station in London ankamen. Alles war anders als in Rom. Die Luft roch nach einem Gemisch aus fish and chips und Feuchtigkeit. Die Werbungen an den Wänden zeigten halbnackte Frauen. Die robusten Telefonkabinen waren wie Panzerzellen. Die ebenfalls roten Doppeldeckerbusse kannte ich nur von Reiseprospekten. Es war die Zeit der Beatles, der flowerpower, der sexuellen Revolution.

„Die Engländerinnen, die Engländerinnen sind leicht zu haben", prahlte Gianfranco schon vor unserer Reise. Während wir die Straße überquerten, waren meine Augen von dem Kommen und Gehen der Menschenmassen gefesselt. Ich sah rothaarige, blonde, schwarze bildhübsche Mädchen. Sie trugen Miniröcke und Hotpants bis zum Anschlag. Ich starrte sie mit neugierigen Blicken an. Plötzlich packte mich Gianfranco am Arm. Er riss mich zurück. Ich war so von diesen Mädchen verzückt, dass ich nicht auf den Verkehr geachtet hatte.

Fast wäre ich von einem Auto überfahren worden, das von rechts kam. Den Linksverkehr hatte ich völlig vergessen.

Wir drängten in den U-Bahnhof. Überall wimmelten Menschen. Es war Rushhour. Wir zwängten uns in den Wagon und standen auf dem Gang, gequetscht wie Sardinen. Gianfranco war vor mir. Er zwinkerte mir zu und machte eine Kopfbewegung. Ich drehte meinen Kopf. Hinter mir, mit dem Rücken zu mir, stand eine Frau. Sie hatte atemberaubende, schulterlange blonde Haare. Sie war fast so groß wie ich. Als Gianfranco mich auf sie aufmerksam machte, wurde mir bewusst, dass mein Hintern ihren Po berührte. Mein erster Gedanke war natürlich wegzurücken. Aber dann fand ich doch daran Gefallen. Nein, noch mehr! Bei jedem Ruck des Zuges wetzte ich ganz unschuldig meinen Po an ihrem. Es schien sie nicht zu stören. Und schon ging meine Fantasie mit mir durch. Automatisch setzte sich meine rechte Hand in Bewegung. Sie glitt unauffällig zu ihrem linken Oberschenkel. Ich war sicher, sie würde einen Minirock tragen. Zu meiner Enttäuschung war da aber nur Stoff. Mist, sie trägt Blue-Jeans…

Dann entschied ich mich, sie mit Charme und fischschläfrigen Augen anzubaggern. Vielleicht würde sie ihre Telefonnummer herausrücken. Ich malte mir einen erotischen Abend aus. Die Bilder in meinem Kopf überschlugen sich. Ich sah mich mit dieser wunderschönen Frau in einem verdunkelten Separee. Ich würde meinen Arm um ihren Hals legen und sie im Schutz des Halbschattens leidenschaftlich küssen. Dann würden wir in ihrer Wohnung eine heiße Nacht verbringen. Parlami d'amore Mariú, klang es in meinem Kopf, in Italien ein berühmtes Lied.

Ich drehte mich um. Ich berührte sanft ihre Schulter. Sie wandte sich mir zu. In diesem Augenblick hielt der Zug an. Die Türen öffneten sich. Wir mussten glücklicherweise an dieser Station aussteigen. Nichts wie raus, blitzte es mir durch den Kopf. Ich rannte Gianfranco fast über den Haufen. Endlich war ich auf dem Bahnsteig und holte tief Luft. Mannaggia. Porca miseria. Scheiße.

„Hast du gesehen", schrie ich.

Gianfranco starrte mich entgeistert an.

„Hast Du gesehen? Die blonde Frau war ein Mann!"

122

Der Name der Globalisierung ist „Schweigen".

Die Gebetsmühlen stehen still! Stattdessen trommeln Soldatenstiefel auf die karge, steinige Straßenzunge, die nach Lhasa führt. Der junge Tibeter Arhat (der Würdige) presst die Hände auf seine Ohren. Der Stiefellärm peinigt sein Trommelfell. Er hält sich hinter einem Felsbrocken versteckt. Diese Männer ziehen geschlossen an ihm vorbei. Sie tragen kein rotes Gewand, sondern grüne Uniformen und Gewehre. Ihre Gesichtszüge sind seinen nicht ähnlich. Sie sprechen eine Sprache, die er nicht versteht. Eine Sprache, die ihm verbieten will, die großen und seine kleine Gebetsmühle zum Drehen zu bringen. Seine Gebetsmala, eine Kette aus Rosenholzperlen, anzulegen. Sich zu seiner Religion zu bekennen.

„Arhat, komm, lass uns fliehen", flüstert ihm sein Freund ins Ohr, nachdem er Arhats Hände niedergerissen hat.

„Aber warum, hier ist meine Heimat", antwortet er zornig.

„Sie sagen aber, das Tibet eine Provinz Chinas ist. Tibet gehört zu China. Hat immer zu China gehört. Wir dürfen uns hier nicht aufhalten. Wir tragen andere Kleider als sie. Wenn sie uns sehen, werden sie uns verhaften. Sie werden uns ins Gefängnis werfen. Sie werden sagen, wir haben sie überfallen."

„Wie können wir sie überfallen haben?! Wir haben keine Waffen. Nur unser Gewand, unsere kleinen Gebetsmühlen, unsere Gebetsmala", erklärt Arhat seinem Freund.

„Verstehst du nicht?! Das sind unsere Waffen. Sie werden nicht dulden, dass wir sie einsetzen. Sie fürchten sie mehr als alles andere", erläutert sein Freund.

Plötzlich Gewehrsalven. Sie dröhnen aus dem Dorf der Mönche.

„Wir können nicht mehr in unser Dorf zurück", sagt traurig der Freund. „Sie werden es besetzen. Sie werden uns vertreiben. Sie werden uns alles wegnehmen."

"Nein, lass uns ins Dorf gehen", antwortet mutig Arhat.

„Ja, wir lassen uns nicht vertreiben. Dies ist unsere Heimat. Unser Land. Komm, lass uns standhalten. Sie werden sicher versuchen, uns aus unserem Land zu vertreiben und dann werden sie sich unsere Bodenschätze aneignen. Wenn wir nichts unternehmen, wenn wir uns unterwerfen, werden wir heimatlos. Lass uns kämpfen."

Seine Heimat nicht zu verlassen, bedeutet unzählige Tote. Sie haben es gewagt und verloren. Die Gewehre hatten das Wort. Nicht Gewehrsalven, sondern das Röhren Satellitenferngesteuerter amerikanischen Raketen auf Bagdad hört der junge Mustafa in jener dunklen Nacht. Er wacht im Krankenhaus auf. Sein Kopf dröhnt. Das Gesicht ist mit Schnittwunden übersät. Die Arme und die Brust brennen. Er kann sich kaum bewegen. Aber die Beine, ja, die Beine, sie schmerzen nicht. Seine Eltern stehen an seinem Krankenbett. Die Ohnmacht ist auf ihren Gesichtern eingefroren.
„Mutter, was ist geschehen", fragt Mustafa mit schwacher Stimme. Sie schweigt. Das Mutterglück ist ausgelöscht. Sie kann nur die Hände ihres Sohnes streicheln.

In ihren Augen unendliche Traurigkeit. Das Röhren in der Stadt will kein Ende nehmen. Der Vater kniet vor dem Bett. Wie aus einem quälenden Albtraum murmelt er: „Saddam, der Diktator, wie sie ihn nennen, bedroht die Welt mit Atomwaffen, sagen sie. Sie schicken uns Raketen mit Bomben, um uns, um die Welt von ihm zu befreien, sagen sie. Sie wollen uns Freiheit bringen, sagen sie. Es wird uns viel besser gehen, sagen sie. Unsere Ölquellen werden uns reich machen, sagen sie. Das ist notwendig, sagen sie." Er kann nicht mehr weiter reden. Er bricht in Tränen aus. Die Kehle ist ihm zugeschnürt. Er schaut seinen Sohn an, von dem nur noch ein Torso übrig geblieben ist, mit entstelltem Gesicht und verbrannter Haut. Er schweigt. Sein Sohn röchelt, dann hat er den letzten Atem ausgehaucht. „Pharisäer! Ihr Heuchler!", stöhnt der Vater.

Der letzte Atem hat auch Anna Politkowskaja verlassen. ‚Im Eingang zu ihrem Haus erschossen worden', berichteten die Medien. Die tödliche Munition kam nicht vom Himmel. Sie kam aus dem Hinterhalt.

Die Täter? Noch nicht gefasst, wenn sie überhaupt jemals gefasst werden. Sie wird mit der Zeit vergessen. Die Welt wird sie vergessen, wie alle anderen, die „Freiheit" in den Himmel geschrieen haben. Die Unbequemen sind deportiert oder verschwunden.

Andrej Petrovitsch ist beschäftigt. Die gefährlichen, anklagenden Berichte legt er nach Datum in eine Kiste ab. Sie darf nicht in die Hände des Machtapparates fallen. Zu kostbar ist diese Kiste. Sie enthält viele nicht erzählte Geschichten. Auch von Andrej Petrovitsch. Sein Geburtsort? Ein Armenviertel Moskaus. Als Sohn eines Dissidenten konnte er nicht das Studium beenden. Trotzdem schaffte er es, einen Arbeitsplatz in einem Verlag zu ergattern. Mit der Zeit wurde er auch ein ‚Unbequemer'. Seine Publikationen zensiert. Bedroht und verachtet von jener politischen Clique, unter dem Vorwand, die Integrität des Staates sei gefährdet. Andrej Petrovitsch packt einen Koffer. Die Kiste ist schwer genug.

„Werde ich dich wieder sehen?", fragt ihn seine Mutter mit Tränen in den Augen. Seit ihr Mann verschwunden ist, hatte sie nur ihren Sohn.

„Mamutschka, nicht weinen! Ich werde zurückkehren", beruhigt er sie.

„Aber wann? Andrej, ich bin alt und zerbrechlich. Bald wird das schwarze Tuch mich einhüllen. Lass Mamutschka nicht alleine", fleht sie.

Andrej Petrovitsch umarmt sie. Die Würfel sind gefallen. Die Kiste muss außer Landes.

„Ich kehre zurück", sagt er leise. „Ich kehre zurück und..." Er weiß, es ist eine barmherzige Lüge. Seine Mamutschka soll wegen ihm nicht mehr in Gefahr geraten. Es ist Zeit. Die Dunkelheit der engen Gassen verschluckt ihn.

Schon zweimal haben die Bäume ihre rotbraun gefärbten Blätter abgeworfen.

„Sergej, hast du auch heute für mich keine Post?", fragt sie den Postboten ohne Hoffnung.

„Nein, Mamutschka, auch heute keinen Brief", antwortet Sergej voller Mitleid.

„Mein Andrej. Ich habe Angst um ihn. Er hat nie einem Menschen Leid zugefügt. Er hat nur Berichte geschrieben."

„Vielleicht sind es diese Berichte, die ihm zum Verhängnis geworden sind. Einigen wird es nicht gefallen haben, wie er über die Menschenrechte in unserem Land berichtete. Armer Andrej Petrovitsch, jetzt ist es still um ihn", schließt der Postbote seine düsteren Gedanken.

Wo ist Andrej Petrovitsch geblieben?

Ist er ein Opfer der Mächtigen geworden?

Sein Schweigen ist ein globales Schweigen.

Verbrannte Kindheit
(Monolog)

„Ich musste mein Blut, das aus der Nase floss,
mit der linken Hand wegwischen."

Erinnerst du dich, Mutter? Meine Kindheit.
Ich hatte keine Kindheit. Es hört sich komisch
an, ich weiß. Alle haben eine Kindheit gehabt.
Aber ich kann mich an meine nicht erinnern.
Sie ist nicht in meinem Gedächtnis, wie
ausradiert. An ihrer Stelle ein tiefes Loch, ein
Riss in meiner Seele, eine brandige Wunde,
ein Krebsgeschwür, das nicht heilen will.
Zusammen mit der Kindheit habe ich auch
meine Identität verloren.

Versteckst hast du mich bei Großmutter, denn
ich war deine Schande, die Schuldige und der
Grund deiner Vermählung.

Du hast mich dann geholt, Mutter, ja doch
geholt, auf dem Hof, als ich sechs Jahren alt
war. Mit anderen Kindern durfte ich nicht
spielen. Du hast mich versteckt, denn ich
musste deine Schuld übernehmen.

Wie gerne hätte ich im weichen Sonnenlicht der Nachtmittagsstunden auf der Wiese mit einer Puppe gespielt, und mit dir, Mutter. Doch das blieb nur ein Wunsch, denn ich musste für dich büßen. Ich musste sühnen für meine Geburt, dieses dir unerträgliche Erlebnis, deine mea culpa - oder meine? - aus deinen Erinnerungen löschen.

Irgendwann einmal fand ich eine alte, kaputte Puppe auf dem Speicher. Und weil ich keine Identität haben konnte, gab ich sie ihr, schenkte ihr meinen Namen. Begrub sie in einem Loch, neben der Eiche.

Mit ihr begrub ich meine Weiblichkeit. Von diesem Moment an war ich wirklich nur noch ein Instrument, ein willenlosen Wesen, das du, Mutter, beliebig benutzen konntest als Grund für dein unglückliches Leben. Erklärt, aber, hast du es mir nicht. Nur totgeschwiegen.

Als du mich einmal mit einem Jungen in meinem Zimmer entdecktest, hast du mich geschlagen. Ich lachte und lachte und je mehr ich lachte, desto mehr schlugst du zu. Und das Blut floss aus meiner Nase, über meine Lippen. Ich wischte es mit der Linken weg.

Du hattest die Vorstellung, Mutter, ja die panische Angst, dieser Junge hat mit mir das Gleiche getan, was Vater dir antat. Damit war die Erinnerung deiner Schande wiederbelebt, fortgeführt. Aber es war nichts geschehen, zwischen ihm und mir. Nichts. Gar nichts.
Denn ich lag neben der Eiche begraben. Kein Mädchen, keine Frau, ein Ding, Mutter, dein Gegenstand, dein Instrument der Sühne.

Mein Körper ist verkrampft, ein toter Zweig. Meine Weiblichkeit, Mutter, ist heute noch genauso ausgetrocknet, wie in meiner Jugend. Natürlich möchte ich Sex haben. Aber es wäre doch nicht ich, der ihn hat. Sex bedeutet Individualität, Abnabelung von dir, Mutter. Doch die darf es in meiner Seele nicht geben, denn du willst das nicht.
Ich verdränge, wie mein Körper schreit, schau dich an! Schau deine Weiblichkeit an! Was ist mit ihr, sie ist da. Ich verleugne mich, Mutter, ich habe mich angehalten. Du, Mutter, hast mich angehalten.

Gestern war ich mit einem Mann zusammen. Er war nett, charmant. Es war ein Desaster, weil ich wusste, dass es nicht gehen wird.

Ich hätte genauso eine Gummipuppe oder eine Prostituierte sein können. Früher hätte ich einen Mann dafür verachtet. Heute weiß ich, dass du es bist, die schwer auf meinem Körper liegt. Und auch auf meiner Seele.

Die Zeit spült all diese Zusammenhänge vor meine Füße. Du hast mir deine Schuldgefühle übertragen, Mutter. Ich habe so gelebt, als wären es die meinen. Sage mir daher, Mutter, was gut für mich ist. Antworte mir! Denn ich fühle nichts anderes, als das, was du ungeschehen machen wolltest.

Gestern war ich an deinem Grab. Du hast geschwiegen, wie du es immer tatest.
Ich habe mir überlegt, Mutter, ob ich mir etwas zum Anziehen schneidern lassen soll. Etwas Maßgeschneidertes, Individuelles. Ein Kleid, weiblich, was keiner anderen passt. Etwas nur für mich.
Und dann werde ich zur Eiche gehen und die Puppe ausgraben. Ich hole meine Identität zurück.

Kapitel Gedichte

Kinderstimmen

Unruhig liegt sie, erschöpft und müde.
Umarmt das weiße Kissen zärtlich.
Wohlbehagen.
Der Bauch wird glatt. Körper versinkt in Ruhe.
Stille!
Das Ohr ist wach.
Aus Tiefenferne leise, kaum hörbar,
Musik. Nein!

Kinderstimmen!

Federschwebend löst ihre Seele sich und
gleitet.
Hin zu den Stimmen, hin zur Musik.
Die Klänge, friedenspendend, nehmen zu.
Üppige, sanfte Dünen verschmelzen
miteinander,
Schützen den Ursprung aller Dinge.
Astrales Licht durchdringt die blaue Hülle.
Sie hört fröhliche, plätschernde Kinder
lächelnd singen.
Sie schlüpft hinein, die Kinder weichen aus,
Springen heraus, zwinkern ihr heiter zu.
Sie lächelt, gewährt, kehrt zurück und vereint
sich wieder.

Mordana
(*Mor* ... gen *dana* ... ch)

Tiefschlaf hat sie verlassen. Stille ist noch
Herrscher im Zimmer.

Graziöse Bewegungen bringen die Decke in
Unruhe.

Genussvoll liegt sie noch eingehüllt.

Sonnenstrahlenaugen begleiten die fallenden,
seidenen Laken.

Entblößen ihren zärtlichen, nackten Körper.
Es ist Morgen.

Boden spürt kaum ihr Gewicht, wie sie zum
Spiegel schreitet.

Luft ist ihr Kleid und küsst das gelbe Haar, das
ihre Brüste deckt.

Ein Schritt folgt dem anderen.
Wie eine weiße Marmorstatue, göttlich
gemeißelt, steht sie da
ungeschminkt vor ihrem Antlitz.

Die geübte Hand setzt ruhig und gelassen an
malt liebevoll ihre jungen Augen.

Ihr Geist erfreut sich am Ende daran.

Die Farbe ihrer Lippen strahlt Leidenschaft,
ihr Haar gezähmt.
Leben fließt in sie hinein.

Sanfter, durchsichtiger Flor streichelt zitternd
ihre Haut
zeigt ihre Sinnlichkeit schweigend.

Schwanenartig auf ihre Fußspitzen dreht sie
sich.
Die Dunkelheit weicht.

Die blauen Augen schenken Vertrauen. Die
Seele Liebe.

Das Tageslicht ergreift Besitz vom grauen
Raum.

Die Gestalt zerfließt in der Sonnenblende,
flüchtet aus den Sinnen.

Er wacht auf.

Der Traum ist zu Ende.

Er schließt Tür und Fenster.
Bleibt im Dunkel liegen
auf den nächsten Morgen wartend.

Der Blätterregen

Muttererdefeuchte steigt in meinen leeren Körper auf.

Frösteln.

Hängende Wolken vergrauen das schlafende Tal.

Angsttrauer.

Vom Wind gerüttelt, flocken die Blätter vor meinen Augen herab.

Mein Leben.

Rote Gelbe Braune reihen sich im Kreis über meine Füße.

Meine Jahre.

Ich zähle alle und stoße sie wehklagend ab.

Verlorene Jugend.

Lehnend am Baum suche ich Schutz vor meinem Gewissen.

Zerbrochene Schale.

Rückleben eine Utopie, mein Herbst hat mich im Griff.

Winter naht.

Nutzloses Dasein?

Nein, ich werde Humus für die bunten Blumen.

Mein Sommer

Die letzten Sonnenstrahlen verlöschen im Abendrot.
Heiße Erdschollen halten die Wärme fest.

Dämmerung bricht mit sanftem Schwingen herein.
Bald senkt sich Ruhe über erschöpfte Natur.

Meine Seele folgt liebend dem wandelnden Geschehen.
Verschmilzt träumend und fügt sich drein.

Ich sehne mich nach meinem Wiegenhort.
Wo Sonne brennt und Himmel Azur sich verfärbt.

Klamme Luft, vernebeltes Licht, stechende Kälte
schneiden keine Schmerzensspur in mich.

Gedankenwellen tragen mich zärtlich,
leise dorthin, wo meine Wurzeln sind.

Mein Sommer spaltet meine Gefühle.
Sie pendeln mit den Zugvögeln gen Süden.

141

Der Flügel

In deiner Jugend Frühling weißen Flügel
versprochen.
An meinen Flügel hoffnungsfroh gebunden.

Zwei tragen die Schwere leichter im Verbund.
Unverbrüchlich. Glück verheißend.

Luft über beiden Flügeln verwirbelt. Abdrift.
Flügelschläge nicht synchron/babylonisch war
das Wort.

Sie schleifen am Boden, verletzen fortlaufend
sich.
Flügelverschluss reißt scherenweise endlos.

Grau in grau wie Schimmel geworden sind sie.

Abheben zum Versprochenen konnten sie nie.

Abgetrennt habe ich dich du fluguntauglicher
Flügel.

Ich, eingerollt in meinem, ruhe im Dunkel.

Herbst Gedicht

Rostbraun, gelb und grün liegen sie da
vom Wind verfrachtet
in eine Ecke gepresst.
Sie waren voller Leben,
wie meine Jugend.
Dem Wind standgehalten,
von Mutterliebe geschützt
wuchsen sie weiter und
widerstanden jedem Sturm.

Das Kind im Spiegel

Schweißtropfen von der Stirn herab
Er sieht sie im Spiegel herunter strömen

Der Boden unter den Füßen zerflossen
Denkt, er hat keinen Halt

Alles verdunkelt sich und zu gleich bleicht
Wie in einer Wolke verhüllt

Die Sinne verloren
Sechs Wände bauen sich um ihn auf

Durch das Loch des Würfels
Sieht er das Kind im Spiegel

Wer ist es? Es selbst und sein Ich
Er schließt die Augen, das Blut zerrinnt

Er will aus dem Spiegel flüchten
Er will zurück, heraus aus dieser Falle

Zu spät! Die Augen bleiben haftend
Der Schrei in seiner Brust, in ihm

Unendlich laut und doch stumm
Die Angst lässt ihn kaum atmen, der Tod naht

Er zieht die Wände mehr zu sich heran
Er sucht Schutz vor der Entdeckung seines Ichs

Todesangst! Wieder!
Er schreit lautlos nach Hilfe. Stille!

Schweißtropfen von der Stirn herab
Sie sind wie leuchtende Perlen im Dunkel

Sie sind bleich wie sein Gesicht. Stille!

Todesangst schleicht sich tiefer in ihn ein

Die Angst vor seinem Ich bohrt sich rasant
Angst hat er vorm Sterben, und will sterben

Um dieser Angst zu entkommen
Er sucht die Tür, zurück zum Ursprung

Konfus, desorientiert, mit zitternden Händen
Sucht er im Nebel einen Halt. Mutter!

Der Aufzug hält an, er springt heraus
Der rettende Arm, er umschlingt ihn mit aller Kraft

Er spürt sein Atmen wieder, der Geist ruht,
Hilfe ist da

Fragend fallen die Mutteraugen auf ihn nieder,
Er schweigt

Er schließt sich in seiner Seele im Würfel ein
Aus ihm kommt er nie mehr heraus

Er hofft auf Umkehr, nur um ohne Angst zu leben
um dem Tod Paroli zu bieten

Vergeblich, sein Schicksal ist besiegelt
Das Ich gestand nicht zu, sich vom Ich zu befreien

Sein Lebenstodesurteil

Bruno Neri, geboren 1942 in Caggiano, Provinz Salerno, Italien, ging nach dem Studium an der Hochschule für Tourismus in die Tourismusindustrie und arbeitete vier Jahren als diplomierter Reisebürokaufmann in einem Reisebüro in Rom. In diesen Jahren entstanden erste literarische Versuche in italienischer Sprache. 1970 nach Deutschland eingewandert. Ab 2002 Mitglied in verschiedenen literarischen Vereinen und wieder Beginn der Schreibtätigkeit in deutscher Sprache. Geschichten und Gedichten.

Im Oktober 2002 erschien in der Erdinger SZ folgendes Porträt.

Überschrift :

Leicht wie „la piuma".

Der Autor Bruno Neri ist in zwei Sprachen daheim.
„Federschwebend" könnte man die Gedichte von Bruno Neri bezeichnen, eine Wortschöpfung, die er selbst in seinem kürzlich prämierten Gedicht „Kinderstimmen" verwendet hat. Denn leicht wie „la piuma", die Feder, ohne das schwere Fleisch von Reim und Pathos, lassen sich Neris Gedichte auf der Haut des Lesers nieder, wo sie - dicht unter der Oberfläche - ein Echo an die eigene Kindheit wachrufen, behütet und voller Schrecken.
„Schreiben ist meine innere Einstellung zum Dasein", sagt er.
Dass er erst heuer zum ersten Mal an die Öffentlichkeit geht - seine Gedichte wurden in der Vereinszeitschrift veröffentlicht - liegt vielleicht daran, dass er im November 60 wird, eine Zeit der Wende.

Er steht kurz vor der Pensionierung, seine zwei Töchter sind aus dem Haus, die „Gedanken gehen jetzt oft stark nach Italien in die eigene Kindheit zurück", sagt er.

Mit Verlassen seiner Heimat legte der Pragmatiker auch die italienische Sprache ab, zumindest im Schreiben, welches er mit der Malerei vergleicht. Mit Abstraktem kann er nichts anfangen, „ich mag genau definierte Konturen, das gibt mir ein Gefühl von Ordnung."
So sind seine Gedichte: Gefühlsvolle, zum Teil frei rhythmisierte Momentaufnahmen, die er möglichst einfachen, kurzen Sätzen anvertrauen will. An der Sprache der Deutschen schätzt er die Tiefe und Bildhaftigkeit, die ein einziges Wort vermitteln kann - im Gegensatz zum Italienischen, wo auch drei Worte nicht das Gleiche auszudrücken vermögen: „federschwebend" eben.

Eva Stiller

Ein kurzes Portrait ist auf den Seiten 148 bis 150 zu lesen.

Deutsche Erstausgabe
2. (revidierte) Auflage, September 2013